Friedrich

Kru

ner

Johann von Rusdorf

Kurpfälzischer Gesandter und Staatsmann während des dreisigjährigen Krieges

Friedrich
Kru
̈
ner

Johann von Rusdorf
Kurpfälzischer Gesandter und Staatsmann während des dreisigjährigen Krieges

ISBN/EAN: 9783743445758

Hergestellt in Europa, USA, Kanada, Australien, Japan

Cover: Foto ©Raphael Reischuk / pixelio.de

Manufactured and distributed by brebook publishing software
(www.brebook.com)

Friedrich

Kru

ner

Johann von Rusdorf

Johann von Rusdorf,

kurpfälzischer Gesandter und Staatsmann während des dreissigjährigen Krieges.

Von

Dr. Friedrich Krüner.

Als eine jener Zeitfragen, die für den Augenblick beherrschend in den Vordergrund treten, um bald neuen, allgemeineren Interessen den Platz zu räumen, können wir die Verwicklungen bezeichnen, welche am Beginne des dreissigjährigen Krieges aus den pfälzischen Wirren hervorgingen, welche, wenngleich ein Jahrzehnt später von der übrigen Welt kaum noch erwähnt, doch dem zunächst Betheiligten, dem unglücklichen Böhmenkönige selbst, bis an sein Ende als die Cardinalfrage des ganzen Krieges galt. Ihn selbst rief das Geschick freilich vom Schauplatze ab, ehe die Waffen über die Zukunft seines Thrones entschieden hatten, dessen Interesse aber auch nachher von einem Kreise genialer und ergebener Staatsmänner aufrecht erhalten wurde. Wie glänzende Namen wir immer unter diesen finden: fast alle hatten bereits den Dienst, wenn auch nicht das Interesse der unglücklichen Dynastie aufgegeben, als dieser viel später unter Friedrichs V. Nachfolger ein neuer Hoffnungsstern aufzugehen schien: Christian von Anhalt, ehemals der Lenker der pfälzischen Politik, hatte gleich nach der Niederlage bei Prag die Gnade des siegreichen Kaisers dem Dienste des überwundenen Kurfürsten vorgezogen; — bereits im Jahre 1623 hatte der Tod auch den Grafen Johann Albrecht Solms aus einer Stellung befreit, deren Schwierigkeit jüngere Kräfte forderte; — wenig später finden wir Vollrad von Plessen im Dienste des König Christian IV. von Dänemark als Verwalter der Coadjutorei des Bisthums Schwerin für des Königs noch unmündigen Sohn Ulrich, — die Grafen Achaz und Christoph Dohna wieder daheim im fernen preussischen Ordenslande, — Ludwig Camerarius endlich als schwedischen Gesandten im Haag:

höchsten Glanz des an der Spitze der Union stehenden pfälzischen Fürstengeschlechts, den tiefsten Fall desselben, sowie endlich nach einem unglücksreichen Jahrzehnt wiederum seine plötzliche Erhebung durch ausländische Waffen: **Johann Joachim von Rusdorf.**

Freilich tritt er in einer Zeit, die als die Schule der modernen Diplomatie gelten kann, zurück hinter den grossartigen Gestalten eines Richelieu, eines Buckingham, eines Oxenstierna; doch weniger sind es geringere Fähigkeiten als der kleinere Staat, dem er diente, die engeren Interessen, die er zu vertreten hatte, die neben den Namen jener gleichzeitigen grossen Staatsmänner den seinen fast verschwinden lassen. Wenn ihm, dem Diener der unglücklichsten Dynastie seiner Zeit, die Verhältnisse nie ein entscheidendes, von Erfolg begleitetes Eingreifen in die Weltereignisse gönnten, so versagten sie ihm für die Folge auch den Nachruhm, den ein Strafford, ein Görz, ein Struensee wenigstens durch ihr tragisches Ende gewannen. Und doch wird der Anfang wie das Ende seiner Laufbahn bezeichnet durch eine Zeit grosser Fehden, die grade damals auf dem Gebiete der Publizistik ausgefochten wurden. Sein diplomatisches Debut fiel in jene Periode, wo die gewandtesten Federn des Jahrhunderts für und wieder die böhmische Wahlfreiheit im heftigsten Kampfe lagen; es schloss das Schicksal sein lebensmüdes Auge, als wiederum der von verwandtem Geiste getragene, doch weit gefährlichere Angriff des Hippolithus a Lapide von neuem die auch ihm so verhasste Macht Habsburgs zu erschüttern, wenn nicht gar zu stürzen drohte. Doch hebt noch ein anderes, rühmlicheres Moment ihn heraus aus der Zahl der oben erwähnten Diplomaten seiner Zeit. Wenn das beredte Zeugniss der Geschichte mit der Verkündigung der Grösse und des Ruhmes eines Richelieu, eines Buckingham zugleich der Erinnerung an ihre weniger grossen Eigenschaften ewige Dauer gab, so erhielt es auf der andern Seite von jedem Flecken das Andenken eines Mannes frei, den die Geschichte sonst jenen gegenüber ungleich verkürzt zu haben

seitigen Geistes galt, wie selbst seine gleichzeitigen Gegner die strenge Rechtlichkeit seiner Gesinnung, die praktische Erfahrung seiner Rathschläge, seine Gewandtheit in Unterhandlungen, seinen Scharfsinn in der Vorausbestimmung der Zukunft, am meisten aber die unwandelbare Treue gegen seinen unglücklichen Herrn bewundernd anerkannten, so hat in der folgenden Periode der erbitterte Streit derselben grossen Parteien, welcher seine Argumente so oft auf die Verdächtigung verblichener Grössen gründete, auch nicht den geringsten Schatten auf Rusdorfs Andenken zu werfen vermocht. Auch in den Werken des nächstfolgenden Jahrhunderts [1]) begegnet uns sein Name nur selten; am öftesten erscheint derselbe in jener Zeit noch [2]) in den verschiedenen staatsrechtlichen Untersuchungen über die Autorschaft des Hippolithus a Lapide. Während die Genossen seines Wirkens, Christian von Anhalt [3]), Christoph von Dohna [4]), in ihrer politischen Bedeutung Gegenstand eingehender Untersuchungen wurden, ist man über Rusdorfs persönliche Bedeutung bisher schweigend hinweggegangen. Eine Darstellung seines Lebens, besonders in Beziehung auf die Geschichte der Politik seiner Zeit in kurzen, aber deutlichen Umrissen zu geben, soll daher im Folgenden versucht werden; dieselbe will einen Beitrag liefern zur Geschichte der diplomatischen Verbindungen zwischen den vorwaltenden Mächten des siebzehnten Jahrhunderts, sodann zur Kritik der Rusdorfschen Relationen inso-

---

1) Auch der gerade für jene Zeit so gründlich und gut unterrichtete Senkenberg urtheilte im Jahre 1795 wenig günstig über Rusdorfs, ihm nur zum kleinsten Theile bekannte politischen Schriften: „die gleich mit dem 2. Bande abgebrochenen Memoires [von Cuhn] sind mir nach gesehener Durchsicht lange nicht so wichtig vorgekommen, als der Titel derselben erwarten lässt."
Häberlin-Senkenberg. XXVI, pag. VI.
2) vgl. Deckherr (de scriptis adespotis), Placcius (Theatr. Pseudon.), Gryphius (de script. sec. XVII.) und die übrige Reihe der Führer durch die pseudonyme Litteratur jener Zeit.
3) vgl. über ihn: Krebs, Christian von Anhalt u. s. w. Lpz. 1872.

fern dienen, als die Feststellung der äussern Lebensumstände wie des innern Charakters eines Verfassers wesentlich die Beantwortung der Frage in sich schliesst, in wie weit er, die Wahrheit zu berichten, die Fähigkeit und die Absicht hatte. Es musste von dem angedeuteten Gesichtspunkte aus zum Theil näher eingegangen werden auf manche mehr persönlichen Momente, denen eine nur die grossen Ideen der Zeit im Auge habende allgemeinere Betrachtung eben aus diesem Grunde sonst ihr Interesse versagen könnte; es konnte nicht in dem begrenzten Rahmen dieses monographischen Versuches liegen, von Grund aus jene grossen Zeitfragen zur Darstellung zu bringen, in welche der Held der folgenden Zeilen bald treibend und beschleunigend, bald aufhaltend und verzögernd eingegriffen hat.

Es sei mir an dieser Stelle gestattet, dem Herrn Prof. G. Droysen in Halle, der mit fördernder Theilnahme das Entstehen dieser Arbeit begleitet hat, sowie den Beamten des Marburger und Berliner Archivs und der Casseler Bibliothek, besonders auch dem Herrn Oberbibliothekar Prof. Dr. Halm in München für freundliche Unterstützung und Mittheilungen meinen schuldigsten Dank auszusprechen.

Die Quellen.

Die Hauptquellen für das Leben und die politische Thätigkeit Rusdorfs bilden seine eigenen Aufzeichnungen: zahlreiche Briefe an einen grossen Kreis von Männern der verschiedensten Lebenstellung, die offiziellen Berichte an seinen Hof, sowie die in dessen Namen oder Interesse verfassten politischen Denkschriften. Unser Wissen über Rusdorf würde ein bei weitem umfassenderes sein, wenn das in jener Zeit seltene Streben desselben, alle seine Schriften vollstän-
uf die Nachwelt zu bringen, nicht von dem Schicksale
·r von Neuem vereitelt wäre. Indessen ist das von ihm
einem Tode hinterlassene handschriftliche Material reich-

Lebens ziemlich genau zu unterrichten; es ging [5]) im Jahre 1640 aus dem Besitze von Rusdorfs Schwester über in den des damaligen kurpfälzischen Rathes Christoph Ernst Obernheimer, der seinerseits bei seinem Tode seine Bibliothek wie seine Handschriften der wieder neu entstehenden Heidelberger Bibliothek schenkte. Durch ein Vermächtniss des Kurfürsten Karl von der Pfalz fiel die Rusdorfsche Handschriftensammlung nebst andern, besonders orientalischen Manuscripten an die ein Jahrhundert früher von dem Landgrafen Wilhelm IV. von Hessen gegründete Landesbibliothek zu Cassel; dort befindet sie sich, vier Foliobände stark, noch jetzt. Während diese besonders die früheste und die späteste Periode von Rusdorfs diplomatischer Thätigkeit umfassen, finden wir die gewünschte Ergänzung, die Briefe und Berichte vor allen über den Aufenthalt Rusdorfs in England und im Haag, in seiner Correspondenz mit Ludwig Camerarius in der sogenannten camerarischen Sammlung zu München nahe zu vollständig erhalten. Nach der jetzigen Ordnung der Camerarischen Sammlung [6]) in München sind die für uns in Betracht kommenden Stücke: Bd. 25. Lud. Camerarii epistolae ad Rusdorfium 1622—1636. — Bd. 29. Lettres de Mr. Andr. Pawel à Mr. de Rusdorf à Londres 1622—1624. Bd. 70. 71. epistolae Joachimi de Rusdorf ad L. Camerarium, ejusdem epistolae ad diversos (ad principes, ad viros et feminas illustres, ad amicos) 1620—1626. — Bd. 72. Lettres et advis du Sieur J. J. de Rusdorf escrits en Français, Italien et Espagnol à divers. a. 1628. — Bd. 73. 74. Kopialbuch übei die in den pfälzischen Staatsangelegenheiten geführte lateinische Korrespondenz Rusdorfs nebst verschiedenen von ihm aufgestellten Staatconsilia. a. 1627—1636. Kopialbuch über dessen französische Correspondenz. Die Briefe des 23. Bd., die nur mit Chiffren unterzeichnet sind, scheinen sämmtlich von Pawel herzurühren; Rusdorf wird wohl einige Male er-

---

5) vgl. Casseler Handschriften (MSC), fasc. II, pag. III.
6) vgl. Halm: über die handschriftl. Sammlung der Camerarii

wähnt mit der Chiffre 3866, allein sonst ist von ihm keine Spur zu finden. Erst im Laufe der Zeit kamen die verschiedenen eben erwähnten Manuscripte in die camerarische Sammlung, wie denn ein Theil der Briefe an Ludw. Camerarius noch im Jahre 1725 in dem Besitze des preussischen Regierungspräsidenten von Loen in Lingen sich befand. Sehr bald erkannte man [7]), dass die beiden erwähnten Handschriftensammlungen in Cassel und in München vollkommen verschieden seien; da jedoch das Streben, die Quellen der historischen Kenntniss dem allgemeinern Wissen zu erschliessen, erst lange nach Rusdorfs Zeit sich zu regen begann, sodann aber die Casseler Sammlung kaum bekannt zu sein, noch weniger beachtet zu werden schien, so beschränken sich die Veröffentlichungen in dem den Ereignissen zunächst folgengenden Jahrhunderte auf das in den Münchener Handschriften Gebotene, wodurch diese allerdings ziemlich früh in ihren wichtigsten Theilen allgemein bekannt geworden sind. So findet sich die erste Publikation Rusdorfscher Schriften durch den Druck schon in der von Mieg und Nebel [8]) herausgegebenen Sammlung Varia pietatis et eruditionis virorum superioribus duobus seculis celebrium monumenta Francof. ad M. 1701; 4. und zwar Vol. II, pag. 244—410: 52 epistolae Rusdorfii ad L. Camerarium aus der Zeit von 1623—1627. Bald reihten sich in schneller Aufeinanderfolge weitere Veröffentlichungen Rusdorfscher Briefe an. Im Jahre 1724 erschienen in Hahns Collectio Monumentorum (Vol. I, pag. 875—1048, Brunsvig. 8.) 8 Lettres de Messieurs du Conseil privé du Palatinat à la Reine de Bohème aus den Jahren 1634 und 1635 [9]), Berichte, welche Rusdorf im Namen des Regentschaftsrathes der Pfalz an die Königin Elisabeth erstattet; —

---

[7]) Allg. Litt. Zeitg. (Jena). 1790. Stück 69; — pag. 546.

[8]) Ueber die beiden in ihrem Werke sich nicht selbst nennenden Herausgeber vgl. die Notiz bei Hahn: Collect. Mon. I, in der praef. „Collectores Miegium et nebelium esse doctissimi patres

an diese schliessen sich an 37 epistolae Rusdorfii ad Camerarium, fast sämmtlich aus dem Jahre 1624, verschieden von den bereits in den monumenta pietatis veröffentlichten. Noch ehe Hahn seiner Sammlung den zweiten Band folgen lassen konnte, erschienen schon im Jahre darauf 1725, von Friedrich von Loen in Lingen herausgegeben, die Rusdorfii consilia et negotia publica nebst einer collectio epistolarum familiarium ipsius autoris ad viros illustres et amicos scriptarum [10]. Francof. ad M. 1725. fol. Dies Werk, in welchem die früheren Publikationen zum Theil nochmals abgedruckt sind, bringt den wichtigsten von Rusdorf selbst zur Veröffentlichung bestimmten Theil der Münchener Handschriften zum ersten Male zur allgemeineren Kenntniss, indem es in der ersten Hälfte die wichtigsten Staatsschriften Rusdorfs bis zu dessen Abberufung aus London im Jahre 1627, sowie in der zweiten 133 seiner Briefe aus der Zeit von 1623—1637 mittheilt. Aus der von Rusdorf selbst verfassten Vorrede [11]) sowie aus vielen Stellen seiner Briefe [12]) geht hervor, dass er vor seinem Lebensende einen grossen Theil seiner Schriften wiedergesammelt und bei seinem Tode fast druckfertig hinterlassen hat. In der schon am ersten Tage des Jahres 1627 geschriebenen Vorrede erinnert Rusdorf den Leser einmal daran, dass das Werk weit entfernt sei, die Bestimmung zu haben, als Tendenzschrift der einen oder der andern Partei zu dienen oder die Leidenschaften der Menge noch mehr zum Hasse gegen die bestehenden Verhältnisse zu entflammen. Auf der andern Seite dürfe er die Billigkeit des Urtheils von dem Leser insofern in Anspruch nehmen, als seine in dem Buche enthaltenen Gutachten und Rathschläge in ihrem Werthe nicht nach dem, oft durch andere später dazwischentretende Momente bestimmten Erfolge gemessen werden könnten, — das Verlassen des einmal vertretenen Standpunktes sei wegen des schnellen Wechsels der Ereignisse nicht als Inkonsequenz, sondern als Nachgiebigkeit und Fügsamkeit gegen die ver-

---

10) vgl. die Rezension Act. Erud. Dec. V, 5., pag. 296.

änderten Verhältnisse zu betrachten. Am Schlusse bittet der Verfasser den Leser um Verzeihung wegen seiner wenig gewählten Latinität, die auszubilden seine Ueberbürdung mit Geschäften ihm nicht die Musse gelassen habe. Das grosse Intereresse, welches diese von Loen herausgegebenen Rusdorfschen Schriften allseitig fanden, veranlasste den Professor Hahn in Helmstedt, dem im folgenden Jahre (1726) erscheinenden 2. Bande seiner Collectio Monumentorum (pag. 777—927) gleichfalls verschiedene bisher ungedruckte Rusdorfsche Relationen beizufügen. Er gab darin zunächst die im Ganzen in derselben Form bereits von Loen aufgenommene Consultatio politica de mediis restituendi res in Europa collapsas, — die Conjecturae de futura et imminente universali Imperiorum in Europa mutatione, — die Denkschrift Que sans l'intervention des Princes en Empire il est impossible de faire la paix etc. sowie endlich den Discorso non essere consulto, che si rigettino le propositioni fatte intorno d'una composicione con Bavaria etc. Die Autorschaft Rusdorfs in Betreff dieser vier Staatsschriften war soeben erst aus den von Loen herausgegebenen Schriften zweifellos geworden[13]). Als letzte hierher gehörende Publikation aus der camerarischen Sammlung wären endlich die im 3. Bande von Söltl (Religionskrieg in Deutschland. Hamburg 1842) im Auszuge mitgetheilten Briefe des Ludw. Cammerarius an den Präsidenten des kurpfälzischen Staatsraths Grafen Joh. Albr. Solms und an Rusdorf aus den Jahren 1621—1631 und andere dort abgedruckte Schreiben zu erwähnen.

Mit der Herausgabe jener so überaus schnell aufeinander folgenden Werke im Anfange des achtzehnten Jahrhunderts schien der Eifer für die Veröffentlichung Rusdorfscher Schriften für lange erloschen. Erst der nie ganz verstummte, um die Mitte des Jahrhunderts aber besonders lebhaft wieder aufgenommene Streit über den Verfasser des Hippolithus a Lapide lenkte die allgemeine Aufmerksamkeit vorübergehend wieder auf Rusdorf, wenn dieser auch niemals der öffent-

tigste Folge jedoch blieb, dass man bei dem Streben, möglichst alle noch vorhandenen Schriften der für den Hippolithus etwa in Frage kommenden politischen Schriftsteller zu durchforschen, auch die oben erwähnte Sammlung Rusdorfscher Handschriften in der landgräflich hessischen Bibliothek zu Cassel, die, wie es scheint, bis dahin fast unbeachtet geblieben war, an das Licht zog. Von den vier Foliobänden, in welche die Handschriften vertheilt sind, führt der erste den von Rusdorf selbst herrührenden Titel: Lettres, advis et memoires et affaires d'Estat de Rusdorf, escrits en français au Frédéric V., Roy de Bohème etc. MDCXXIX. Er enthält auf 802 Seiten Rusdorfs Berichte an seinen Hof während seiner Gesandschaft in England von 1623—1627 und betrifft in erster Linie die englisch-spanische Heirath, die Traktate der Krone Grossbritannien mit dem Kaiser, dem Herzoge von Baiern, Mansfeld, Dänemark und Schweden, die Sequestration von Frankenthal u. A. Da der schon von einem früheren Aufenthalte her in London wohl orientierte und über die innersten Verhältnisse der englischen Regierung und Dynastie unterrichtete Gesandte in diesen seinen Relationen alle Vorgänge und Zustände des englischen Hofes in eingehendster Weise in den Kreis seiner Berichterstattung zieht, so giebt uns diese eine fortlaufende Darstellung der englischen Politik jener Jahre, eine ohne Vorurtheil, oder auch ohne Schonung geschriebene „geheime Geschichte des englischen Hofes"[14]). Der Titel des 2. Bandes giebt als dessen Inhalt an: Rusdorfii... Litterae de republica ad diversos reges, principes... scriptae, in quibus totius fere Europae, imprimis autem rerum Palatinarum status secundum temporum formas et mutationes, ingenua orationis libertate describitur, Annum circiter MDCXXX. Der spätere Besitzer der Handschriften, Obernheimer, fügte seinerseits noch eine Vorrede sowie eine Widmung an den Kurfürsten Karl Ludwig von der Pfalz im Jahre 1679 hinzu, in welcher er den gesammten in seinen Händen befindlichen

mehr private Briefe als offizielle Schreiben enthaltend, ist dadurch für uns von der höchsten Wichtigkeit, als er sich fast über das gesammte Leben Rusdorfs von dessen Abgange vom Gymnasium bis zu seinem Tode erstreckt, und gerade sein Inhalt, bis heute durch den Druck noch nicht veröffentlicht, der Verwerthung für die geschichtliche Forschung bisher völlig sich entzogen hat. Der 3. Band umfasst ausschliesslich die Korrespondenz Rusdorfs mit Oxenstiern, die in wechselnder Ausführlichkeit über die Jahre 1624 bis 1628 sich ausdehnt. Der 4. Band endlich führt den Titel: Rusdorfii Farrago exhibens diversas de republica Litteras, Legationes et Relationes etc. MDCXXXIV. (709 pag.) Sein Inhalt beschränkt sich auf die an sich kurze Zeit vom Ende des Jahres 1630 bis zum Anfange von 1634, für welche uns jedoch gerade für die Geschichte der pfälzischen Politik genügende und sichere Quellen fast gänzlich fehlen. Die in diesem Bande enthaltenen Berichte bilden eine willkommene Ergänzung zu den im 3. Folianten gegebenen Nachrichten über die Beziehungen zu Schweden, da dort die Korrespondenz mit Oxenstiern bereits mit dem Jahre 1628 abbricht; vor allem eingehend aber wird darin das Verhältniss der Kurpfalz zu dem Heilbronner Bunde sowie zu den beiden evangelischen Kurfürsten nach dem Tode Gustav Adolphs und Friedrichs V. behandelt, unter dessen noch unmündigem Sohne Karl Ludwig Rusdorf fortab als die eigentliche Seele der kurpfälzischen Politik erscheint. — Die erste wirkliche Benutzung der erwähnten Handschriften finden wir in den von Arkenholz, landgräflich-hessischem Rath und Bibliothekar zu Cassel, herausgegebenen Memoires concernant Christine Reine de Suède, 4 Vols. Amsterd. et Leipz. 1751—1760. Unter den die Quellen mittheilenden Beilagen finden sich hier aus dem 4. Bande der Rusdorfschen Handschriften abgedruckt ein in panegyrischer Form gehaltener Vergleich Gustav Adolphs mit Epaminondas aus einem Briefe Rusdorfs an Oxenstiern vom 6./16. Dezember 1632, — die 33 Distichen umfassende Elegia de Presente rerum Statu in Germania (s. u.), endlich einen

dorfs mit Gustav Adolph. Da der Herausgeber der Memoiren an verschiedenen Stellen auf die Wichtigkeit der noch völlig unbenutzten Rusdorf'schen Handschriften hinwies, so fanden diese letzteren bald ein allgemeineres Interesse. Schon im Jahre 1762 zog Casparson, ohne die Originale der Handschriften selbst zu benutzen, aus den Memoiren der Christina die von Arkenholz gegebenen, auf Rusdorf bezüglichen Notizen aus, fügte ihnen nochmals die bereits in den Memoiren veröffentlichten Briefe Rusdorfs bei und gab das ganze nebst zwei aus dem 2. Bande der Handschriften genommenen Briefen Rusdorfs aus dem Jahre 1619 auf wenigen Blättern heraus unter dem Titel „Nachrichten von der Person und dem Leben Rusdorfs, gesammelt aus den Merkwürdigkeiten der Königin Christina u. s. w." Frankf. u. Lpz. 1762. Auch diese nur in wenigen Exemplaren erhaltene Publikation Casparsons, die wegen des viel reicheren Materials bei Arkenholz um so entbehrlicher ist, als sie zu dessen Nachrichten nichts eigenes, neues hinzufügt, enthält gleichfalls die Aufforderung zu einer gründlichen und eingehenden Durchforschung der Rusdorfschen Handschriften und stellt aus ihnen reichen Gewinn für das historische Wissen in Aussicht. Doch ging das Jahrhundert fast zu Ende, ehe die so werthvollen Manuskripte der Forschung zugänglich gemacht wurden. Erst im Jahre 1789 gestattete der Landgraf Wilhelm IX. dem Vorsteher der Casseler Bibliothek E. W. Cuhn die von vielen Seiten dringend gewünschte Veröffentlichung der Handschriften. Cuhn, der das Werk sogleich begann, jedoch, abweichend von der in den 4 Folianten im Ganzen eingehaltenen chronologischen Ordnung, die gleiche Gegenstände betreffenden oder an dieselben Personen gerichteten Briefe zusammengruppirte, gab noch im Herbste des Jahres den grössten Theil der in dem ersten Handschriftenbande enthaltenen Berichte heraus unter dem Titel: Memoires et négociations secretes de Rusdorf, pour servir à l'histoire de la guerre de trente ans. Leipz. 1789. Freilich erkannte man sofort bei dem Erscheinen des

wurde die allgemeine Erwartung [16]) durch diesen ersten Band im Ganzen noch wenig befriedigt; denn einmal vergass man, dass die Unthätigkeit des gegen den pfälzischen Gesandten noch dazu äusserst misstrauischen englischen Hofes jenem in den ersten Jahren nur wenig Stoff zu wichtigen Berichten geben konnte; sodann hatte man über manche in diese Periode fallende Begebenheit, wie über die spanische Heirath, längst bessere Aufschlüsse, als Rusdorf damals geben konnte, wie vor allen die dort so ausführlich behandelte englische Gesandschaft des Capuziners della Rota aus dem 10. Theile von Khevenhillers Annalen bereits bekannt war. In der Vorrede zu diesem 1. Bande verhiess Cuhn in den folgenden Theilen die Veröffentlichung der übrigen Handschriften in allernächster Zeit; doch war es ihm nur noch vergönnt, am Schlusse des Jahres in einem 2. Bande die Korrespondenz Rusdorfs mit Oxenstiern herauszugeben; mit seinem Tode blieb das Unternehmen, kaum begonnen, liegen, so dass wir noch heute für das Studium jener Zeit auf die Originalhandschriften angewiesen sind.

Einzelne Flugblätter und Broschüren, welche Schriften von oder Notizen über Rusdorf enthalten, werden an der betreffenden Stelle seines Lebens Erwähnung finden. Ausser Rusdorfs eigenen Schriften sind für die Kenntniss seiner Thätigkeit noch wichtig die Briefe des Ludwig Camerarius aus den verschiedenen Perioden seines Lebens sowie die zahlreichen Memoiren jener Zeit, besonders des Bassompierre (3 Vols. 8. Paris 1822), Richelieu (10 Vols. 8. Paris 1823), Feuquières (Amsterd. 1741. 4), der Königin Christina von Schweden (Mém. concernant Christine etc. par Arkenholz. 4 Vols. 4. Leipz. u. Amsterd. 1751—1760), — der Louise Juliane, der Mutter Friedrichs V. (Mém. sur la vie et la mort de Loyse Juliane etc. Leyden. 1645. 4.) u. A.

Abgesehn von den in Casparsons „Nachrichten" gegebenen Notizen haben wir keine Beschreibung des Lebens oder

der Wirksamkeit Rusdorfs. Zwar stellte Loen bei der Herausgabe der Consilia et negotia im Jahre 1725 als Appendix dazu eine vita Rusdorfii von dem Professor Christian Johannis zu Zweibrücken in Aussicht, und im folgenden Jahre kündigten die Acta Eruditorum dieselbe nochmals als besonders erscheinende Schrift an; doch war Johannis in der nächsten Zeit an der Ausführung seines Vorhabens noch gehindert, und bald sank mit ihm selbst auch sein Plan für immer ins Grab.

Rusdorfs Leben bis zum Eintritte in den kurpfälzischen Staatsdienst.

Schon im dreizehnten Jahrhundert blühte [16]) in Niederbaiern das Rusdorfsche Geschlecht; aus ihm ging der berühmte Hochmeister Paul von Rusdorf hervor, der von 1422 bis 1441 in Preussen das sinkende Staatswesen seines Ordens gegen Polen vertheidigte, ein Jahrhundert später fiel im Jahre 1530 Johann von Rusdorf im Kampfe gegen die Türken, gleichfalls bei der Vertheidigung deutscher Grenzmarken. Sein Bruder, in welchem das Geschlecht sich fortsetzte, hinterliess seine umfangreichen Güter seinen Söhnen Georg und Balthasar. Es wurde entscheidend, dass der ältere Bruder zugleich die katholische Confession und den Dienst seiner bisherigen Herren, der Herzöge von Baiern verliess und, zum Calvinismus übergegangen, in die Dienste der pfälzischen Kurfürsten trat. Hierin lag zugleich der Kern für endlose Verwicklungen innerhalb des Geschlechts, indem das Bisthum Passau [17]), unter dessen Lehnshoheit zum grossen Theile die Rusdorfschen Familiengüter standen, der älteren jetzt nicht mehr katholischen Linie den Besitz ihrer Lehen streitig machte. Es liegt etwas Wahres darin, wenn man gesagt hat, dass die grossen Gegensätze, welche gerade in jener Zeit zwischen den

---

16) Bucelini Germania August. 1655. I. 4. Abth. p. 71. Struvii

einzelnen politischen und kirchlichen Parteien im Allgemeinen hervortraten, zu einer so tief in das Innerste des Volksgefühls einschneidenden Wirkung nicht gelangen, für die äussere Politik wie für die innersten Verhältnisse nicht so unendlich folgenreich hätten sein können, wenn sie nicht zugleich in das Leben der Familie und damit in das innerste Herz der Staaten spaltend eindrangen: wenn nicht, wie auf der grossen Weltbühne der eine Zweig der Wasas, des Wittelsbacher, der Wettiner mit dem andern rang, so im Innern Fürsten und Herren mit dem fremden Bekenntnisse oft zugleich das eigene Geschlecht befehdeten. Georg von Rusdorf hatte in der Pfalz eine neue Heimath, in dem Kurfürsten Friedrich IV. einen neuen, ihm überaus gewogenen Herren gefunden und in der kleinen Stadt Aurbach oder Aurach im Herzogthum Zweibrücken seinen Wohnsitz gewählt. Dort vermählte er sich mit der Tochter eines alten, bei Frankenthal angesessenen Geschlechts. Dort wurde auch [18]) sein ältester Sohn, Johann Joachim, dessen Leben darzustellen diese Zeilen versuchen, am 26. Oktober 1589 geboren.

Ueber die Persönlichkeit von Rusdorfs Eltern, und wie diese [19]) auf sein Jugendleben eingewirkt haben, darüber finden sich nur wenige dürftige Notizen. Seinen Vater schildert Rusdorf [20]) als politisch ziemlich indifferenten, konfessionell jedoch fast fanatischen Anhänger des Calvinismus; an einer andern Stelle empfiehlt er die Erziehungsmethode seines Vaters, von dem er in erster Linie zur Arbeit wie zum Gebete angehalten sei. Später trübte sich [21]) das Verhältniss zwi-

---

18) MSC. II. 809, III. 441 u. a. Vgl. auch Rusdorfs Grabschrift bei Benthem: Holländischer Kirchen- und Schulenstaat II. 608.

Witte in seinem Diarium biographicum hat, jedoch nur an der einen Stelle, irrthümlich „Aurich" statt „Aurach"; hieraus, sowie aus der nahe liegenden Verwechselung mit dem niedersächsisch-friesischen Geschlechte Rosdorf erklärt es sich, dass Feller (Monum. inedita e Musaeo. Jenae 1714 ff.) und Jöcher in seinem Gelehrten-

schen Vater und Sohn, als der erstere im Jahre 1613 unter theilweisem Widerspruche seiner Familie seine Ansprüche auf die passauischen Lehen, die er im Augenblicke freilich nicht geltend zu machen vermochte, für immer an die bairische katholische Linie seines Hauses [22]) verkaufen wollte. Aus einer gelegentlichen Notiz [23]) Rusdorfs können wir schliessen, dass sein Vater um das Jahr 1626 sich noch am Leben befand. Besser war das Verhältniss Rusdorfs zu seiner Mutter, die nach den vorhandenen Andeutungen kam jünger als ihr Gatte gewesen zu sein scheint; mit kindlicher Liebe hängt der Sohn an ihr; er spricht oft in den Briefen an seine Freunde seine Betrübniss darüber aus, dass bei der häufigen Verheerung der pfälzischen Lande durch die spanischen, sowie später durch die schwedischen und französischen Truppen seine greise Mutter so oft ihren Wohnsitz wechseln müsse; viele Briefe Rusdorfs [24]) aus der Ferne an die Freunde in der pfälzischen Heimath schliessen mit der Bitte um Mittheilung über das Ergehen seiner Mutter. Nach dem Jahre 1632 hielt sie sich [25]) meist in Frankenthal auf, das sie freilich oft der Belagerung wegen zeitweise zu verlassen gezwungen wurde; sie hatte auch die Bücher und Schriften des bald hierhin, bald dorthin als Gesandter geschickten Sohnes in Verwahrung. Von den Brüdern Rusdorfs tritt [26]) besonders Georg Balthasar hervor, der gleichfalls früh als Gesandter in pfälzischen Diensten fremde Höfe, besonders [27]) Stockholm besuchte und später in ähnlicher Weise wie Ludwig Camerarius den pfälzischen Dienst überhaupt mit dem schwedischen vertauschte. Einem andern, Georg Philipp, war die Verwaltung der Familiengüter in der Pfalz zugefallen [28]); ihn finden wir daher oft in der unmittelbaren Nähe Johanns, dessen Einfluss ihn nicht selten schützte. Auch durch die verschiedenen Schwestern [29]) Rus-

---

22) Loen II. 11.
23) Loen II. 174.
24) Loen II. 120.
25) Loen II. 136.
26) MSC. IV. 589 a.
27) Cuhn II. 53.

dorfs knüpften sich für diesen Beziehungen zu einflussreichen Männern. Die eine, Marie Catharina, zuerst [30]) Hofdame der Prinzessin Catharina von Brandenburg, der nachherigen Gemahlin Bethlen Gabors, war später mit dem oberpfälzischen Edelmanne Wolf von Ludingbausen vermählt, — eine andere [31]) an den zuerst dänischen, dann schwedischen Obersten Gertzig, der bei der Ausrüstung eines Regiments für Dänemark auf eigene Kosten fast sein ganzes Vermögen verloren hatte, — eine dritte [32]) an den in der Geschichte jener Zeit oft als Diplomaten hervortretenden Balthasar von Schlammersdorf, gleichfalls aus Aurbach, der schon unter Kaiser Matthias aus pfälzischen Diensten in die der böhmischen Stände [33]) übergetreten war und so später wichtige Beziehungen zwischen beiden Staaten zur Zeit der Krisis selbst vermitteln konnte; so war er [34]) 1618 ständischer böhmischer Gesandter bei Friedrich V. und wurde auch im folgenden Jahre von Christian von Anhalt [35]) nach Prag geschickt, um die Direktoren zu schnellerer Entscheidung zu drängen. Wie der Einfluss dieses durch den gleichen Geburtsort und die engsten Verwandtschaftsbande ihm nahe stehenden Mannes für Rusdorf in der ersten Zeit seines politischen Wirkens unverkennbar hervortritt, so wird [36]) in den späteren Jahren eine andere Familienbeziehung für ihn wichtig: die nahe Verwandtschaft mit dem Geschlechte derer von Umstadt; ihm gehörte jener Anselm Casimir an, welcher im Jahre 1629 den erzbischöflichen Stuhl von Mainz bestieg und damit Primas des Reiches wurde.

Nachdem Rusdorf die erste Erziehung im väterlichen Hause zu Aurbach empfangen, kam er [37]) ungefähr im funfzehnten Lebensjahre auf das Gymnasium zu Amberg, das da-

---

30) MSC. II. 346.
31) MSC. II. 631. IV. 589 a. Loen II. 174.
32) MSC. IV. 435.
33) vgl. auch Uetterodt: Ernest Gr. z. Mansfeld. pag. 113. 182.
34) Krebs Christian v. Anhalt. S. 55.

mals unter der Leitung Wigand Spanheims in höchster Blüthe stand. Dieser, als Philolog wie als Historiker gleich ausgezeichnet, entzündete schon früh auch in Rusdorf einen im Anfange bis zu schwärmerisch begeisterter Nachahmung des Antik-Klassischen sich steigernden Eifer für das Studium des griechisch-römischen Alterthums. Wie Spanheim selbst aber weit entfernt war von der geistigen Krankheit der damaligen Humanisten, über die Schätze griechischer und römischer Poesie und Rhetorik die Grösse und Erhabenheit des eigenen Vaterlandes, besonders in seiner Vergangenheit, zu vergessen, wie er selbst als Geschichtsschreiber seiner Zeit für uns trotz seiner vorwiegend theologischen Auffassung seine Bedeutung behauptet, so erzog er auch in den Herzen seiner Schüler das gleiche Nationalgefühl, weckte auch in ihnen die Bewunderung für die Grösse des alten Deutschlands, den Schmerz über den Verfall des gegenwärtigen. Von seinen übrigen Lehrern erwähnt Rusdorf[38]) noch den Conrector des Gymnasiums, Ludwig Lucius, dem er später dankend nachrühmt, dass er in seinen Schülern für die Schönheit klassischer Latinität und für den Geist der Philosophie Sinn und Gefühl wach zu rufen trefflich verstanden habe. Da der bedeutende Ruf der Schule und vor allen ihres berühmten Rektors weit über die Grenzen der Oberpfalz hinausging, so war Amberg auf diese Weise der Mittelpunkt vieler aus den entferntesten Gegenden zusammenströmender lernbegieriger Jünglinge geworden; vom Rheine, aus Schwaben, Franken, Baiern, selbst aus Böhmen hatte sich so ein Kreis angehender Talente zusammengefunden, die aus Spanheims Unterricht die Schätze der Wissenschaft, in gegenseitigem Verkehr gesellige Bildung zu gewinnen hofften. Auch Rusdorf knüpfte hier Beziehungen an, die zum grossen Theile durch sein ganzes Leben sich erhielten und ihm in seiner diplomatischen Laufbahn mehr als einmal von dem höchsten Nutzen waren; vor allen ist unter diesen die innige Freundschaft mit mehreren dort sich bil-

Termen aus Saatz unter andern ihm noch lange nach dem Abgange von Amberg in regelmässiger Correspondenz über die Zustände seiner böhmischen Heimath Bericht erstattete. Wie nachhaltig die Wirkung dieser gründlichen auf dem Gymnasium erhaltenen Vorbildung, wie innig der Dank des jungen Rusdorf gegen die um ihn so verdiente Anstalt noch in späterer Zeit war, dafür ist uns [40]) sein noch lange fortgesetzter Briefwechsel mit mehreren seiner früheren Lehrer das beredteste Zeugniss; in ihm findet eine zärtliche Liebe und Anhänglichkeit gegen die glücklichen Zeiten in Amberg einen den späteren Verhältnissen gegenüber oft schmerzlichen Ausdruck. Auch später, nachdem Spanheim Amberg verlassen und eine Professur in Heidelberg angenommen hatte, dauerten die innigen Beziehungen Rusdorfs zu seiner früheren Bildungsstätte fort; er, welcher auch unter der Last seiner richterlichen Geschäfte in Heidelberg Musse fand zu der Beschäftigung mit klassischen Studien, sandte als Beweis davon noch im Jahre 1612 seinen früheren Lehrern Proben seines literarischen Schaffens („specimen meorum in litteris profectuum"). Dass Rusdorfs Studien dieser Art weit über den gewöhnlichen Dilettantismus hinausgingen, dass er den Geist der antiken Welt aus dem Quell ihrer eigenen Schriften schöpfte, das erkennen wir aus einem Gesuche des Rektors Christian Beckmann, Spanheims Nachfolger in Amberg, der im Jahre 1619 den früheren Zögling seines Gymnasiums um Hülfsmittel bittet zu einer mythologischen Abhandlung über den Merkur und zu der damals gerade erscheinenden zweiten Auflage seiner Origines linguae latinae. In Rusdorfs Antwort bewundern wir dessen umfassende Quellenkenntniss [41]) auf dem Gebiete von Wissenschaften, deren seiner eigentlichen Berufsthätigkeit fernliegendes Studium er gleichsam spielend fortsetzte.

Im Jahre 1607 verliess er Amberg, um auf den berühmtesten Hochschulen seine allgemeine Ausbildung zu voll-

---

40) MSC. II. 790. 793.

enden, die besondere für den künftigen Beruf zu gewinnen. Nachdem er mehrere Jahre auf seiner heimathlichen Universität Heidelberg dem Studium der Rechte sich gewidmet, aber auch Janus Gruter, den ersten Philologen seiner Zeit, sowie den ausgezeichneten Historiker Marquard Freher gehört hatte, ging er nach der Schweiz, um auf ihren beiden blühenden Hochschulen Altorf[42]) und Basel[43]) die grossen dort lehrenden Humanisten zu hören. In Altorf glänzten besonders die Namen mehrerer Professoren der Rechtsgelehrsamkeit, die aber auch vor Hunderten von Zuhörern über Tacitus' Germania und die Politik des Aristoteles lasen. Er traf dort viele frühere Schulfreunde aus Amberg wieder, die gleichfalls der Ruf der berühmten Hochschule dorthin gezogen hatte. In Basel hörte er seinen früheren Lehrer Ludwig Lucius, der dort als Professor der Philosophie und Geschichte ein weiteres, dankbareres Feld seiner Thätigkeit gefunden hatte. Eifrig mit dem Studium der Geschichte und der Politik beschäftigt vollendete er[44]) hier einen früher zu eigenem Gebrauche aus den „Politicis" des Justus Lipsius in Leyden verfassten Auszug, den er in einer beschränkten Anzahl von Exemplaren unter dem Namen Constantius a Monte Laboris der Oeffentlichkeit übergab; dem Verlangen nach einer grösseren Auflage des viel begehrten Buches nicht nachzugeben, bestimmte ihn sein Plan, die verschiedenen Mängel, auf welche er nach der Veröffentlichung aufmerksam geworden war, nicht blos im Einzelnen zu verbessern, das Ganze vielmehr in späteren Mussestunden neu zu bearbeiten. Obgleich er diese freilich nie mehr fand, und die neue Auflage somit unterblieb, so berührte es ihn doch überaus unangenehm, als nach mehreren Jahren während seiner Abwesenheit aus Deutschland sein Bruder vielfachem Verlangen nachgebend, die kleine Schrift in der ursprünglichen Form einfach abdrucken liess. Inzwischen hatte die öffentliche Stimme ihn längst als den Verfasser derselben bezeichnet, und er räumt dies seinem Freunde

---

42) MSC. II. 828.

Caspar Barth in Strassburg auf dessen Nachfrage selbst ein, ohne indessen an dieser Stelle irgend eine Begründung für die Wahl jenes Pseudonyms zu geben.

Aehnlich erging es einem um diese Zeit von ihm verfassten Abrisse der Universalgeschichte, bei welchem er gleichfalls vor allen des Lipsius Schriften benutzte, und den er als Facis historiae compendium unter dem Namen Anastasius de valle Quietis, der Uebersetzung seines Familiennamens, veröffentlichte. Beide Schriften wollte er selbst später verbessert herausgeben, als ihm gegen seinen Willen sein Bruder auch hierin zuvor kam. Die Unbekanntschaft der meisten Schriftsteller mit dem Inhalte der Rusdorfschen Handschriftensammlung und also auch des erwähnten Briefes an Barth, in welchem Rusdorf selbst den Schleier von dem Geheimnisse jenes Pseudonyms zieht, hat die merkwürdige Folge gehabt, dass man lange in der eingehendsten und gelehrtesten Weise über die Autorschaft von Flugschriften[45]) des „An. de V. Qu." jener Zeit stritt, sie unter Anführung gewichtiger Gründe bald dem Camerarius, bald dem schwedischen Kanzler Salvius u. A., nur selten jedoch dem Rusdorf zuschrieb, und doch hatte dieser durch die Hinzufügung seines längst bekannten Schriftstellernamens „An. d. V. Qu.," der für die Späteren freilich ganz die Form eines Pseudonyms zu haben schien, sich selbst offen als Verfasser bekannt.

Bald jedoch, im Jahre 1610 kehrte er[46]) nach Heidelberg zurück, wo er mit verdoppeltem Eifer den in der Schweiz zeitweise unterbrochenen juristischen Studien sich widmete. Hin und wieder unternahm er von dort aus kleine Reisen, meist nach der Schweiz und Süddeutschland, um sich jetzt auch in den Grenzen seines engeren Vaterlandes durch eigene Anschauung zu orientiren; wir finden ihn[47]) im Sommer des

---

45) Besonders der Perspicua dissertatio de singularibus et

Jahres 1611 auf kurze Zeit in der Schweiz, wo er im August das ihm liebgewordene Altorf und in demselben pfälzische Jugendfreunde wieder aufsucht; im folgenden Jahre macht er[48]) verschiedene Ausflüge in die bedeutendsten Städte der Rheinpfalz, Worms, Speier u. A.; kurz darauf im Juli folgt er[49]) der Einladung eines Nürnberger Freundes, bei dem glänzenden Empfange des neuen Kaisers Matthias dort gegenwärtig zu sein; doch kehrte er von solchen Reisen geringeren Umfangs meist bald nach Heidelberg zurück, wo er trotz seiner juristischen Studien dem Geiste der antiken Welt nie ganz fremd wurde. So drückt er[50]) im Jahre 1612 einem Altorfer Freunde sein Beileid über einen besonders schmerzlichen Trauerfall in dessen Familie in einem durch Eleganz der Form ausgezeichneten, völlig den Geist der klassischen Elegie athmenden lateinischen Epigramme aus. Wie immer das Verweilen auf den fremden Hochschulen ihn oft von seinem Berufsstudium abzog, so kehrte er doch mit der Erkenntniss von dem bildenden Einflusse des Aufenthalts in fremden Ländern und mit dem bestimmten Plane zu umfassenderen Reisen nach Heidelberg zurück. Mit den grössten Geistern seiner Zeit sucht er bald Beziehungen anzuknüpfen. Er hatte[51]) bereits früher dem berühmten Scaliger in Leyden seine Verehrung und Bewunderung in einem Briefe vorläufig aus der Ferne ausgedrückt und denselben gebeten, ihn in seine Auspizien zu nehmen, in der bestimmten Hoffnung, später persönlich ihm näher treten zu dürfen; und schon glaubte Rusdorf diese Zeit fast gekommen, als der Tod den noch lebenskräftigen Gelehrten von dem Schauplatze seines Wirkens hinwegriss. Schon während seiner Studien in Heidelberg finden wir Rusdorf fest entschlossen, nach Beendigung grösserer Reisen in die Dienste der Kurpfalz zu treten, die seinem Geschlechte eine zweite Heimath geworden war; wir haben einen Brief von ihm aus dem Herbste des Jahres 1611 an Solms[52]), den damaligen Präsidenten des pfälzischen Staats-

---

48) MSC. II. 829.   49) MSC. II. 775.

raths, in welchem er demselben seinen Dank ausspricht für seine Empfehlung bei dem Pfalzgrafen Johann von Zweibrücken, dem derzeitigen Verweser des Kurstaates; in Folge deren habe ihm dieser bereits für späterhin eine Stellung in pfälzischen Diensten zugesagt. Nicht wenig mochte zu diesem so frühen Entschlusse Rusdorfs die gewinnende Freundlichkeit des jungen Kurfürsten Friedrichs V. beigetragen haben, die alle entzückte und die Rusdorf selbst [53]) mit Begeisterung schildert. Mit gespanntester Aufmerksamkeit, mit lebendigstem Interesse folgte er den politischen Ereignissen, zumal gerade damals, kurz nach der Stiftung jener beiden grossen Bünde, die ernstesten Verwicklungen drohten. In ihrer vollen Grösse erkannte er [54]) die Gefahr, welche der Kurpfalz aus dem soeben erfolgten Tode Friedrichs IV. erwuchs, des Fürsten, der diesseit des Rheins, innerhalb des Reichs denselben Gedanken der Opposition gegen das Haus Habsburg in seiner Politik verkörperte, von dem erfüllt jenseits des Rheins sein grosser Nachbar Heinrich IV. fast genau gleichzeitig mit ihm von dem Schauplatze der politischen Welt abgerufen war. Während nun das übrige Europa in banger Erwartung den gewaltigen Ereignissen nachdachte, welche jener so entscheidende Todesfall hervorrufen oder — verzögern würde, verweilte Rusdorf in angeborenem Patriotismus zunächst bei dem Gedanken an die schwankende Zukunft, welcher das jetzt fast verwaiste, politisch mit einem Male beinahe gänzlich unberathene Kurfürstenthum entgegenging. Weit entfernt von der beschränkten Lokalpolitik des Heidelberger Cabinets, die in der Jülichschen Frage nur eine willkommene Gelegenheit sah, gestützt auf zweifelhafte und fast vergessene Erbrechte auf das erledigte

---

53) MSC. II. 273.

54) MSC. II. 707. Ubique belli semina seri videmus. Quid aliud metuendum, quam has scintillas erupturas tandem in flammam et incendium? Obitus immaturus nostri Principis mihi semper malum omen et praesagium fuit; metuo ne abitus nostri Principis venturos belli imbres et turbines producat... Sane saevissimam tem-

Herzogthum für sich wenigstens einige Quadratmeilen aus der allgemeinen Beute davonzutragen, weit entfernt von einer ebenso kleinlichen als unzeitgemässen Auffassung, die in Deutschland ebenso viel Parteien zu schaffen drohte, als es Prätendenten Jülichs gab: erkannte er vielmehr [55]) sofort in diesem einen der vielen Erbstreite, die sonst noch der Lösung harrten, den Anfang nach Raum und Zeit unermesslicher europäischer Wirren, das Signal zu einem allgemeinen Kriege, zu dem man längst gerüstet dastand, und dessen Beginn nur mühsam um ein Jahrzehnt verspätet wurde. Ueberall, so schreibt er im Mai des Jahres 1610 an seinen Jugendfreund Peter Coler, sieht man bereits die Saat zum Kriege ausstreuen. Wie ist es da anders zu erwarten, als dass der glimmende Funke endlich zum lichten Feuer sich entzünden werde? Wie von einer Warte erkennen wir den furchtbar unserm Vaterlande nahenden Sturm, den weise Männer unabwendbar ahnen." Den Blick so auf die Vorgänge auf dem grossen Theater der Weltbühne gerichtet, widmete Rusdorf jedoch an erster Stelle seine Zeit seinen juristischen Studien mit einem Eifer, der ihm selten Erholung gönnte. So ermahnt ihn [56]) im März 1613 ein Freund in Speier dringend, sich zu schonen, ohne jedoch, wie es aus Rusdorfs Antwort scheint, viel Erfolg damit gehabt zu haben. So lehnt er [57]) im April desselben Jahres die Einladung eines Frankfurter Freundes, der ihn zu einem Besuche während der Messzeit einlud, unter Berufung auf die Unentbehrlichkeit jedes einzelnen Tages für seine Studien ab; ebenso wenig, so schreibt er an jenen, wären die rings um ihn her stattfindenden grossartigen Vorbereitungen zu dem Empfange des jungen aus England zurückkehrenden Kurfürsten und der englischen Königstochter, die ganz Heidelberg in Bewegung setzte, im Stande, ihn von seinen Studien abzuziehn. Trat das Bedürfniss einer kurzen Ruhe unabweislich an ihn heran, so zog er sich auf einige Zeit in die tiefste Stille ländlicher

Einsamkeit zurück, um in den Bergen des Schwarzwaldes, in den Rebenhügeln des Neckar seine Kräfte zu verjüngen. Sein reich angelegtes Gemüth, seine tiefe Empfänglichkeit für die wunderbare Schönheit der ihn umgebenden Natur tritt uns aus zwei ausführlichen Schilderungen entgegen, die er seinem Bruder von den Freuden der Weinlese [58]) und von den Frühlingsvergnügungen auf dem Lande [59]) entwirft. Bald jedoch führte ihn sein Wissenstrieb aus dem lachenden Grün der Fluren zurück in das ewige Grau der Theorieen, aus den sonnenumglänzten Rebenhügeln in die gewitterschwüle, dunkel umwölkte Atmosphäre der Politik. Während er selbst nun tief versenkt in seine Studien, zurückgekehrt aus dem Strome der Welt, in der Stille der Zurückgezogenheit daheim sein Wissen zu bereichern und auszugestalten strebte, weilten seine Freunde zum Theil noch in der Ferne auf fremden Hochschulen, zum Theil hatten sie bereits umfassende Reisen weit über die Reichsgrenzen unternommen. Im August 1613 klagt er [60]) in einem Briefe an seinen in Basel weilenden Freund Zinkgref, wie auch der letzte ihres Kreises ihn jetzt verlasse, um in Orleans seine Studien fortzusetzen. Freilich verband ein nie abbrechender Faden eines regen Briefwechsels die fernen Freunde, ohne dass Rusdorf das Gefühl der immer mehr hervortretenden Einsamkeit verloren hätte. Auf der andern Seite fand er einen Ersatz für die Trennung von seinen Jugendfreunden in dem regen Verkehr mit den hervorragendsten Männern der Heidelberger Regierung und Universität, denen er zum Theil durch Familienbande schon längst nahe stand; ausser dem bereits erwähnten freundschaftlichen Verhältniss zum Grafen Solms, dem Präsidenten des Staatsraths [61]), heben wir besonders hervor die engen Beziehungen zu dem kurfürstlichen Kanzler Johann Christoph von Grün [62]) und dessen Verwandten, Johann Georg von

Grün [63]), gleichfalls Mitglied des Staatsraths und später kurpfälzischer Beisitzer des Reichskammergerichts, zu dessen Vorgänger in Speier, Adrian Burk [64]), zu dem Rechtsgelehrten Georg Michael von Lingelsheim [65]), dem Vater des zur Zeit in Orleans weilenden Jugendfreundes Rusdorfs, vor allen aber zu dem berühmten Professor Camerarius [66]), mit welchem bereits Rusdorfs Vater in engem freundschaftlichen Verkehre stand, und der seine Liebe im vollsten Masse auch auf den Sohn übertrug. Es ist diese alte Familienbeziehung um so bedeutsamer, als das Band inniger Freundschaft, das auch die Söhne umschlang, in der Folge für diese von höchstem Einflusse war, als beide, bei der grössten Verschiedenheit des Charakters von der gleichen Liebe zu dem schon dem Untergange geweihten Herrschergeschlechte erfüllt, auf demselben Schauplatze ihre wahrhaft tragische Aufgabe zu lösen strebten. Abgesehn von dem politischen Unwetter, dessen Wolken sich bereits am Horizonte mit schleichender, aber desto furchtbarerer Langsamkeit zusammenzogen und bereits alle Gemüther mit banger Sorge erfüllten, trafen Rusdorf noch ganz besondere Schläge, die seine Stimmung ernster, sein Leben noch zurückgezogener und freudeloser machten: ein plötzlicher Tod raffte in jener Zeit einen nahen Verwandten hinweg, der auf der Rückkehr von grösseren Reisen, der Heimath bereits nahe von Räubern überfallen und ermordet wurde, ein Trauerfall, der, wie wir aus Rusdorfs Briefe an seinen Bruder [67]) erkennen, ihn auch in pekuniärer Hinsicht äusserst schwer traf. Dazu kam, dass Rusdorfs Verhältniss zu seinem Vater ein immer trüberes wurde; ohne auf die Gegenvorstellungen seiner Söhne zu hören, wollte dieser auch den rechtlichen Anspruch auf die zur Zeit freilich nicht zu behauptenden passauischen Lehnsgüter an die bairische Linie des Geschlechts förmlich verkaufen, wogegen Johann Joachim [68]) als ältester

---

63) MSC. 722 ff.
64) MSC. II. 785 ff.
65) MSC. II. 704. 794. 553.

der Söhne im Namen der übrigen Verwahrung einlegt; abgesehn von dem äusseren Nachtheile, der in der Abtretung des Besitzrechtes liege, weist er vor allen auf das moralisch Unwürdige hin, mit jenen Lehen zugleich die Burg preiszugeben, von der das Geschlecht den Namen trage; zu alle dem betont er die volle rechtliche Unmöglichkeit jenes Schrittes, der für die Söhne nicht verbindlich sei, wohl aber später unter ihnen den blutigsten Hader hervorrufen würde.

Wie jedoch ein günstiges Omen, die entgegenkommende Freundlichkeit des jungen Kurfürsten, Rusdorf bei seiner Rückkehr aus der Schweiz nach Heidelberg begrüsst hatte, so sollte auch der letzte Eindruck, mit welchem er von hier schied, wieder ein Moment der bleibendsten, der freudigsten Erinnerung für ihn werden. Dem Staatsrathe durch seine nahen Beziehungen zu vielen der hervorragendsten Männer wie durch seinen ungewöhnlichen Fleiss und seine Wissensfülle besonders auf dem Gebiete klassischer Weisheit rühmlichst bekannt und empfohlen, war er zum Festredner ausersehn, welcher den aus England mit seiner jungen Gattin nach der Pfalz heimkehrenden und am 29. Juni 1613 in Heidelberg zu empfangenden Kurfürsten im Namen der Regierung begrüssen sollte. In Gegenwart des ganzen Hofes, vieler fremder Fürsten und Herren gelang ihm [69]) seine Aufgabe so glücklich, dass man ihm von allen Seiten zu diesem ersten Erfolge Glück wünschte. Mit Stolz und Freude blickte er später noch auf diesen Tag zurück, an welchem er nach seiner Meinung einen ebenso herrlichen Triumph als der heimkehrende Fürst gefeiert zu haben, diesem aber zugleich den ersten Beweis seines lebendigen Dankes gegeben zu haben sich bewusst war. Ob sein anfänglicher Plan, seinen Panegyricus in reditum Serenissimi Electoris Friederici V. etc. auf allgemeines Verlangen dem Drucke zu übergeben, zur Ausführung gekommen sei, ist uns nichts bekannt.

Mit diesem letzten befriedigenden Eindrucke schied Rusdorf im September 1613 von Heidelberg, das er seit drei

zwischen im Kreise der ersten Männer seines Landes ein zweites Daheim gefunden hatte, er verliess es, um seinen längst gehegten heissen Wunsch, seinen Freunden gleich fremde Länder und Völker kennen zu lernen, auf grösseren Reisen jetzt zu verwirklichen. Wie er selbst aus Lyon am 6. Dezember 1615 an seinen Freund Georg Römer in Nürnberg [70]) schreibt, bot sich ihm, wie es erklärlich ist, fast nie während seiner ganzen Reise Gelegenheit zu sicherer Briefbeförderung, wenn nicht gerade ein zufällig mit ihm zusammentreffender nach der Pfalz zurückkehrender Landsmann einige flüchtige Zeilen mit in die Heimath nahm. So kommt es, dass jener Brief aus Lyon der einzige aus jener ganzen Zeit ist, der uns erhalten, der überhaupt vielleicht von Rusdorf geschrieben worden ist, und in welchem er ausser den einfachen Namen der bereisten Länder nur die Aussicht giebt auf spätere mündliche Vervollständigung des kurzen Berichts. Doch werden diese dürftigen Nachrichten, besonders für den letzten Theil der Reise durch vielfache auf sie bezügliche Notizen in Rusdorfs späteren Briefen [71]) ergänzt, so dass wir auf Grund dieser im Stande sind, wenigstens den ungefähren Verlauf seiner Reise zu verfolgen. Durch die ihm schon bekannte Schweiz und Savoyen ging er zuerst nach Italien, wo er fast das ganze Jahr 1614 verweilte; die durch ihre landschaftliche Schönheit berühmten Gegenden nur flüchtig durchstreifend hielt er sich besonders in den grösseren Städten länger, zum Theil Monate lang auf. Mit besonderer Begeisterung schildert er die Herrlichkeiten Roms, das den überwältigendsten Eindruck auf sein empfängliches Gemüth gemacht hatte. Vollkommen Meister der italienischen Sprache ging er im folgenden Jahre 1615 nach Frankreich, in dessen südlichen Landschaften er fast den ganzen Sommer zubrachte, während er im Herbste nach Lyon ging und dort mit grösstem Eifer die Lehrer der berühmten Akademie hörte. Diese Stadt, in welcher eine grössere Zahl junger Deutscher sich

seiner grösseren Ausflüge, die er bis nach Paris ausdehnte, ohne jedoch über seinen Besuch dieser Stadt im Herbste 1615 Näheres in seinem Briefe mitzutheilen. Von Lyon aus ging er über die Pyrenäen nach Spanien, wo er den rauhesten Theil des Winters im mildesten Klima zubrachte, auch hier eifrig bemüht, die Sprache des Landes sich möglichst geläufig anzueignen; es gelang ihm dies in solchem Masse, dass er sechs Jahr später in Wien, des Englischen noch nicht vollkommen mächtig, mit dem des Deutschen nicht kundigen englischen Residenten sich in der beiden geläufigen spanischen Sprache zu verständigen vermochte[72]). Von Spanien ging er, wahrscheinlich auf dem Seewege, der augenblicklich wegen des Waffenstillstandes zwischen Spanien und den Generalstaaten wieder frei war, nach den Niederlanden, wo er den Hof der Oranier besuchte; von dort[73]) auf nur wenige Tage nach England. Wegen der in jüngster Zeit noch fester geknüpften Beziehungen des Londoner zum Heidelberger Hofe waren junge Deutsche aus der Pfalz dort nicht gerade selten, zumal Friedrich V. seit seiner Abreise aus England am dortigen Hofe einen regelmässigen Berichterstatter, bei besonderen Gelegenheiten auch einen ausserordentlichen Gesandten beglaubigt hatte. An der Hand befreundeter Landsleute lernte er so schon damals die leitenden Persönlichkeiten, Gebräuche, Sitten und die Natur des Landes kennen, in welchem er später viele Jahre ununterbrochen zu leben und zu wirken berufen war. Die vielen kleinen Hindernisse, welche er gleich anfangs zu überwinden hatte, Zwistigkeiten betreffs des Ceremoniells, Schwierigkeiten im Verkehr, waren besonders geeignet, ihm einen Blick in die so eigenthümlichen Verhältnisse des Londoner Hofes zu gestatten. Seinem späteren Wirken dort musste daher dieser erste Aufenthalt im höchsten Masse förderlich sein. Da er auf Grund seiner Empfehlungsschrei-

---

72) vgl. die Broschüre: Bericht | Jo: Joachim Russ- | dorfs gewester Chur Pfaltz: | Rath. | Was er Anno 1621. zu Wien | negotiert. . . . . Von Wort zu Wort auss der Heidelbergi | schen geheimben

ben zu verschiedenen Hoffestlichkeiten zugezogen wurde, so fand er bei einer derselben Gelegenheit, im Gespräche mit dem Prinzen von Wales, dem späteren Könige Karl I., dessen damalige Ansichten über die politische Stellung Schwedens zu erfahren, ein Moment, auf welches er zehn Jahre später, als der Prinz bereits König und er Gesandter an dessen Hofe war, unter ganz veränderten Verhältnissen und in ganz eigenthümlicher Stimmung zurückkommt. Von England aus kehrte er, wahrscheinlich über Hamburg, nach Heidelberg zurück, wo er[74]) im März des Jahres 1616 wieder eintraf, um jetzt in den so heiss ersehnten Dienst der kurpfälzischen Regierung zu treten.

Es bedarf hier noch eines kurzen Hinweises auf einen Irrthum des Placcius (Theatr. Pseudon. §. 1362. pag. 360), nach welchem Rusdorf während der zuletzt besprochenem Jahre Kriegsdienste geleistet habe; bei einer nur flüchtigen Bekanntschaft mit den Schicksalen der Rusdorfschen Familie erkennt man, dass der Irrthum beruht auf einer Verwechselung Johann Joachims mit dessen lange Zeit in schwedischen Kriegsdiensten befindlichen Bruder Georg Balthasar[75]), dessen Hervortreten auch in den schwedisch-pfälzischen Händeln nach Gustav Adolphs Tode öfter erwähnt wird, und den Placcius mit dem viel bedeutenderen, ihm allein bekannt gewordenen Diplomaten desselben Geschlechts identifizirte. Rusdorf spricht sich seinen Berichten oft selbst jede Competenz des Urtheils über militairische Fragen ab und beruft sich in denselben vielmehr auf die Autorität sachkundiger Fachmänner.

Rusdorfs Thätigkeit in kurpfälzischen Diensten bis zur Uebernahme des Londoner Gesandtschaftspostens 1616—1622.

Es ist für Rusdorfs spätere Laufbahn entscheidend ge-

schen Dienst hineingezogen wurde in das Gewebe von Verwicklungen und Intriguen, die eben damals unter Christian von Anhalt die pfälzische Politik zu der kühnsten, aber auch unsichersten Europas machten, und deren Fäden ihr Leiter, unfähig, sie wieder zu entwirren, oft gewaltsam zerreissen musste. Rusdorfs klar überschauende, den luftigen Plänen einer Eroberungspolitik durchaus abgeneigte Auffassung der Verhältnisse hätte ihn damals für immer zurückgehalten, diplomatische Missionen zu übernehmen, die er später zum Theil noch unter der Aegide des ihm so verhassten Fürsten von Anhalt erfüllen musste. Zuerst nun fand er, noch unbetheiligt an den Wirren der Politik, Verwendung in dem pfälzischen Justizdienste, in welchem ihm von vorn herein von dem Kurfürsten eine höhere Stellung mit dem Range eines kurpfälzischen Rathes zugewiesen wurde. Er selber schreibt darüber [76]) an seinen Freund Kaspar Barth in Strassburg: „drei Jahre brachte ich zu mit Reisen in andern Ländern, mit dem Studium fremder Sprachen und ausländischer Sitten. Bei meiner Rückkehr in die Heimath nahm mich der allergnädigste Kurfürst Pfalzgraf ohne mein Zuthun in das Collegium des Gerichtshofs auf und verlieh mir, ohne dass ich mich darum bemüht hätte, den Rang eines Rathes. Im Laufe der Zeit zog er mich zu verschiedenen Staatsgeschäften heran, um meine Fähigkeiten für einen wichtigeren Beruf und für die diplomatische Laufbahn auszubilden." Rusdorf selbst fühlte sich durch eine göttliche Bestimmung auf seine damalige Thätigkeit hingewiesen, wie er an seinen Freund Spenser, den Gesandten Gustav Adolphs am englischen Hofe, später schreibt [77]); er glaubt, kühner gemacht durch sein schnelles Emporkommen, in gelinder Ueberschätzung seiner selbst „sich geboren zur Erhaltung des Vaterlandes und des öffentlichen Wohls, von Gott selbst zur Leitung der Politik berufen." Dass er aber, abgesehen von derartigen bei der Beschränktheit seines damaligen Gesichtskreises wenig be-

Feldes seiner Thätigkeit das Vertrauen seines hohen Gönners im vollsten Masse gerechtfertigt habe, das erkennen wir deutlicher als aus allen Andeutungen von ihm selbst aus einem neuen, sprechenden Akte des kurfürstlichen Wohlwollens. Nach dem Tode des bisherigen kurpfälzischen Beisitzers im Reichskammergerichte zu Speier, Adrian Burk [78]), im Anfange des Jahres 1618 wurde [79]) zugleich mit dem damals in der Staatsverwaltung wie in dem Dienste der Diplomatie bereits mehrfach ausgezeichneten Johann Georg von Grün, einem Jugendfreunde Rusdorfs von Amberg her, dieser selbst dem Reichsgerichte als Nachfolger Burks im März 1618 vorgeschlagen. War die Annahme Grüns als des älteren und erfahreneren, den mit mehreren der Mitglieder des Collegiums in Speier zugleich verwandtschaftliche Beziehungen verknüpften, von vorn herein auch als zweifellos und im Sinne des Heidelberger Cabinets liegend zu betrachten, ein Moment, dessen Bedeutung Rusdorf keinen Augenblick sich vorenthielt, so musste für diesen doch ein solcher Beweis des kurfürstlichen Vertrauens im höchsten Grade ehrenvoll sein, musste ihm die Geneigtheit seines Herrschers und das Wohlwollen des Staatsrathes auf das deutlichste zu erkennen geben. Weit entfernt von jeder Empfindlichkeit darüber, dass man den älteren, erfahreneren Freund ihm vorgezogen hatte, blieb er mit diesem stets in den innigsten Beziehungen und dem regsten Briefwechsel; auf der andern Seite aber suchte er seine wirkliche Würdigkeit zu ähnlichen Stellungen durch grösste Pflichttreue auch fernerhin darzulegen. Doch bald enthob ihn sein Fürst der mühevollen Stellung im Justizdienste, über deren Beschwerden Rusdorf oft klagt, um ihn zuerst zu der Theilnahme an der Verwaltung, dann zu politischer Thätigkeit heranzuziehen. Anfänglich waren es oft Aufträge mehr confidentieller Natur, die, an sich weniger bedeutend, durch ihre glückliche Ausführung Rusdorfs Ansehen bei dem Kurfürsten immer fester begründeten. Als ausserordentliches

an den grossen Ereignissen, die grade damals sich vorbereiteten, lernte die feinen, aber auch schwachen Fäden der Politik Anhalts kennen, ohne jedoch vorläufig selbst entscheidenden Einfluss zu besitzen. Es erscheint nöthig, an diesem Orte die Stellung zu bezeichnen, die er der brennendsten aller Tagesfragen, der böhmischen, gegenüber einnahm, zumal auch er[80]) in der Folge sich nicht hat schützen können gegen den der Mehrzahl der damaligen pfälzischen Räthe gemachten Vorwurf, selbst zur Beschleunigung der Katastrophe Friedrichs V. mitgewirkt zu haben. Oft bekam es Rusdorf späterhin, besonders von Buckingham zu hören, wesshalb er denn, da er das Danaergeschenk der böhmischen Krone selbst als den Anfang aller Leiden beklagte, nicht früher seine Stimme gegen deren Annahme erhoben hätte, als die Pfalz noch mit Ehren aus der böhmischen Affaire sich ziehen konnte. In erster Linie ist hier hervorzuheben, dass Rusdorfs politischer Einfluss damals noch kaum zur Geltung kam, dass er in einer Frage, in welcher die höchste Instanz, der Staatsrath selbst, eine unsichere Haltung zeigte, dass er da als erst angehender Diplomat es nicht wagen durfte, seine auf so junge politische Erfahrung sich stützende Meinung den erprobten Lenkern der pfälzischen Politik, Solms, Grün, Plessen u. A. aufzudrängen. Freilich erhob sich in jener ewig denkwürdigen Staatsrathssitzung vom 8. Juli 1619[81]) nur eine einzige Stimme, die Meinhardts von Schönberg, direkt für die Annahme der böhmischen Krone, jedoch auch die übrigen, vor allen der wenig selbstständige Vollrad von Plessen wie der schwankende Kanzler Johann Christoph von Grün, der Präsident Solms wie der Graf von Nassau, endlich auch der später so selbständig erscheinende Ludwig Camerarius befanden sich zu sehr in dem Banne der Anhaltischen Politik, als dass aus ihrer Mitte ein entschiedener Widerspruch gegen die Annahme der böhmischen Anträge zu erwarten gewesen wäre. Wenn so die durch Alter und Ein-

---

80) vgl. die Broschüre: Bericht | Jo: Joachim von Russdorf...

fluss hervorragendsten Mitglieder der Regierung zu keinem bestimmten und festen Entschlusse gelangten, wie konnte da Rusdorf daran denken, seiner Meinung besondere Geltung verschaffen zu wollen? War diese nun wirklich der schwankenden Haltung des Staatsrath gegenüber eine fest begründete, stützte sie sich auf wirkliche Kenntniss der in Frage stehenden Verhältnisse? Bereits früher war der älteren Beziehungen Rusdorfs zu Böhmen gedacht; eine ununterbrochen fortgesetzte Korrespondenz mit Daniel von Termen in Saatz [82]), einem dem ständischen Ausschusse in Prag sehr nahestehenden Edeln, hatte ihn vollständig über die dortigen Verhältnisse auf dem Laufenden erhalten; sein Amberger Jugendfreund, wie auch immer begeistert für die erkämpfte politische Freiheit seines Volkes, hatte doch seine Bedenken über das Faktionswesen innerhalb des Direktoriums nicht unterdrückt, hatte sein tiefstes Bedauern über den innern Zwiespalt zwischen der sächsischen und der pfälzisch gesinnten Partei der höchsten Landesbehörde ausgesprochen. Konnte nach seinen Berichten für Rusdorf noch ein Zweifel bleiben an der Bedenklichkeit der böhmischen Sache, so wurde seine Ueberzeugung zur vollen Gewissheit durch das, was sein Schwager Balthasar von Schlammersdorf [83]), der eine Zeitlang selbst in dem Dienste der böhmischen Direktoren stand, aus eigenster Anschauung ihm berichten konnte. Während so die äusseren, zu dem Verstande sprechenden Verhältnisse ihn wie die meisten übrigen Diener des pfälzischen Hauses zu der Meinung von der Unhaltbarkeit eines böhmischen Königthums unter Friedrich V. drängten, kann nicht in Abrede gestellt werden, dass gerade für diese Kreise der Glanz einer von ihrem, dem ersten Fürsten des Reiches getragenen Königskrone einen überaus verführerischen Reiz besass, dass gerade für sie im Falle des allseitigen glücklichen Gelingens bei einer böhmisch-pfälzischen Gesammtherrschaft sich Aussichten eröffnet hätten, welche ihren politischen Projekten den weite-

---

82) MSC. II. 420.

sten Spielraum boten. Man darf vermuthen, dass auch Rusdorf[84]) solchen Auffassungen der Situation sich nicht völlig verschloss, wenn anders wir die Begeisterung für seinen fürstlichen Gönner, dessen politische Unbedeutenheit er übersah, nicht blos auf die Persönlichkeit desselben als Mensch beziehen wollen. Freilich lebte in diesem etwas von dem Unternehmungsgeiste seiner Ahnen, der grossen Oranier, deren Geschlecht in der Folge seinem sinkenden Hause wohl hätte eine Stütze sein können, wenn ihm selbst nicht die wahrhaft grossartigen Eigenschaften jener gefehlt hätten. Ueber alle diese Momente sich völlige Klarheit zu verschaffen, auf Grund ihrer den Verhältnissen gegenüber eine fest bestimmte Stellung zu nehmen, dazu lag für Rusdorf, zumal da er bald mit selbstständigen diplomatischen Missionen betraut werden sollte, jetzt ein zwingendes Bedürfniss vor; selbst zum Theil mit hineingezogen in die Verantwortlichkeit der folgenschweren Entschliessungen jener Tage, sah er in dem Staatsrathe, dessen äussere, so unsichere Politik früher seinen Blicken sich entzogen hatte, längst nicht mehr den Inbegriff der kurpfälzischen Staatsweisheit verkörpert. Inzwischen drängten in Böhmen die Ereignisse seit dem Fenstersturze des 23. Mai immer mehr zu der Entscheidung, welcher Christian von Anhalt mit um so grösserer Ruhe entgegensehen zu können glaubte, als er nach seiner Meinung im kritischen Falle immer noch die Union als Hülfsmacht zur Verfügung hatte; eine wie unsichere Stütze diese jedoch für das luftige Gebäude der kurpfälzischen Politik war, davon sich zu überzeugen, sollte Rusdorf selbst noch vor Ablauf des Jahres Gelegenheit haben.

Am $\frac{10.}{20.}$ September 1618 war er[85]) mit dem Kurfürsten von Heidelberg nach Rothenburg an der Tauber zu dem Unionstage aufgebrochen; über Mosbach am Neckar gelangten sie am zweiten Tage nach Boxberg, der letzten pfälzischen Stadt, in reizender Lage in der Mitte rebenumkränzter Wein-

Ausdehnungen aufgeführten Ordenshause der Templer, welches Rusdorf noch unverändert in seiner ursprünglichen Pracht erhalten fand, und von dem er in seinem Briefe an Johann Georg von Grün eine anziehende Schilderung giebt. Am $\frac{13.}{23.}$ September kam der Kurfürst mit seinem Gefolge in Rothenburg an, wo er bereits mehrere Unionsmitglieder anwesend traf. Schon nach wenigen Tagen wurden die Verhandlungen eröffnet und dauerten bis zum $\frac{21.\ Sept.}{1.\ Oct.}$, ohne dass es [86]) dem Pfalzgrafen gelungen wäre, die Union zu einer direkten Unterstützung der böhmischen Stände zu vermögen, auf welche er diesen bereits Aussicht gegeben hatte. Mit den entmuthigendsten Eindrücken kehrte Friedrich nach Heidelberg zurück, während er Rusdorf nach Böhmen sandte, um dort über den Stand der Sache Mansfelds sich zu unterrichten. Wenn nach aussen hin Mansfeld auch noch als Feldherr des Herzogs von Savoyen sich bezeichnete, so war es doch der öffentlichen Meinung längst kein Geheimniss mehr, in wessen Solde und Interesse er in Böhmen kämpfte. Ueber Ansbach, wo Rusdorf bei dem Markgrafen Joachim Ernst von Brandenburg, dem Feldherrn der Union, noch eine Audienz hatte, und Nürnberg, einer Stadt, der er, wie er schreibt, in ihrem regen Handelsverkehr und ihrer alterthümlichen Schönheit nur noch Antwerpen an die Seite zu setzen weiss, begab er sich nach Amberg, der Hauptstadt der Oberpfalz, der Residenz des Fürsten von Anhalt, wo damals alle Fäden der pfälzischen Politik zusammenliefen, um dort die Instruktion für seine böhmische Reise zu empfangen. Dieselbe machte ihm nur die eingehendste Beobachtung und Berichterstattung über Mansfelds militärische Erfolge, über die Verfassung des ständisch-böhmischen Heeres sowie über die allgemeine Stimmung des Landes zur Aufgabe. In den ersten Tagen des November 1618 kam er vor der von Mansfeld eben belagerten Feste Pilsen an; dort lernte er das grossartige Talent, die unermüdliche Ausdauer dieses Feldherrn bewundern, die schon am 11. November die Uebergabe des Platzes bewirkte. Nach einem kurzen Abstecher nach der bairischen Grenze im Dezember wandte sich Rusdorf direkt nach Prag, damals dem Schauplatze der verworrensten Intriguen, des unablässigen Kampfes der entgegengesetzten Parteien. Nur wenige Andeutungen giebt er über den Zwiespalt innerhalb des Direktoriums [87]), von welchem einige Mitglieder, vor allen Fels und Schlick, den Gedanken an die Möglichkeit einer erfolgreichen kursächsischen Intervention noch immer nicht fallen lassen wollten und ein beständiges Gegengewicht gegen die ganz auf pfälzische Seite sich neigende Partei bildeten. Wie sehr übrigens selbst die einsichtsvollsten Lenker der pfälzischen Politik die wirklichen Verhältnisse verkannten, wie sehr sie sich in ihrer Unterschätzung der Kräfte Oesterreichs in jenen letzten Tagen von Mathias Kaiserthum zu irren vermochten, geht aus einem Briefe des Camerarius an Christian von Anhalt (ddo. Heidelberg, 8. Sept. 1618.) hervor, worin er im Hinblicke auf des Kaisers Bedrängniss erfreut schreibt „nun habe man den alten Wolf endlich einmal fest an den Ohren gepackt" [88]). Der offizielle Bericht Rusdorfs an den Fürsten von Anhalt über seine Wahrnehmungen in Böhmen ist uns nicht erhalten, war jedoch dem Inhalte nach dem Georg von Grün bekannt, wesshalb Rusdorf in seinem Privatschreiben an diesen auf die Mittheilung einiger Einzelheiten sich beschränkt. In den vier Tagen seines Aufenthalts in Prag empfand er den jetzt unmittelbareren Eindruck von dem wirren Treiben der böhmischen Direktoren, den er bereits in der Ferne aus den Berichten Terneus und Schlammersdorfs gewonnen hatte. Während seiner Anwesenheit dort fand die Hochzeit des jüngeren Grafen Thurn, sowie am Tage darauf die überaus prächtige Leichenfeier eines der Direktoren, des böhmischen Standesherrn von Smirsitz, statt. Beide Ereignisse gaben ihm Veranlassung zu Epigrammen, die uns jedoch nicht erhalten sind. Sowohl der Glanz der fröhlichen Vermählungsfeier im Angesichte der ernstesten Gefahren, als auch die düstere Pracht bei der Beisetzung des Magnaten weckte in dem nüchtern beobachtenden Rusdorf die eigenthümlichsten Empfindungen. Am 5. Februar 1619 verliess er Prag und wandte sich nach Budweis, in dessen Nähe das Heer der böhmischen Stände lagerte. Ueberall bot sich ihm zu seinem Schrecken hier der Anblick der grössten Verwirrung, die Wahrnehmung der ängstlichsten Eifersucht zwischen den einzelnen Führern des von der Seuche in der ausgehungerten Gegend noch dazu schwer heimgesuchten Heeres, dessen Zustand er in seinen Berichten missmuthig schildert. Von dort ging er nach Prag zurück, wo er den Rest des Winters zubrachte, um am 6. April von dieser ersten selbstständigen Mission an seinen Hof sich zurückzubegeben.

Kaum in der Heimath wieder angekommen erhielt er von dem Kurfürsten den Auftrag, den soeben als Gesandten nach England gehenden Achaz von Dohna zu begleiten. Schon am Ende des Jahres 1618 war [89]) Dohnas jüngerer Bruder Christoph unmittelbar nach dem Unionstage von Krailsheim, auf welchem die Erneuerung des Bündnisses mit England angeregt war, an den Hof des Königs Jakob gegangen, wo er [90]) diesen nächsten Zweck freilich erreichte, in Betreff einer etwaigen Unterstützung der böhmischen Pläne Friedrichs durch England aber keine Zusicherung erlangen konnte und so in der Hauptsache ohne wirklichen Erfolg im Anfang März 1619 nach Heidelberg zurückkehrte. Indessen schon nach wenigen Tagen machte die völlig veränderte Situation eine neue Gesandtschaft nach England nöthig: der Tod des Kaisers Matthias am 20. März hatte auf einmal viele Bedenken gehoben, die nach der pedantischen Auffassung des Königs Jakob einer etwaigen Lösung der böhmischen Frage im pfälzischen Interesse bisher im Wege gestanden hatten. Soeben kehrte [91]) Achaz von Dohna aus Böhmen zurück, wo er sich

---

[89]) Raumers hist. Taschenb. 3. F. IV. J. 125.

von der vollen Unmöglichkeit einer Kandidatur Savoyens für die böhmische Krone, aber auch von den grossen Erwartungen überzeugt hatte, die man in Prag auf den Hauptfürsten der Union setzte. Der böhmische Thron war, wenn anders man absehen wollte von der in ihrer jetzigen Gültigkeit fraglichen präliminarischen Wahl Ferdinands von Steiermark, augenblicklich erledigt, die Hauptgründe Jakobs gegen jeden Akt direkter pfälzischer Intervention war dadurch hinfällig geworden; jetzt galt es daher den Versuch, den schwankenden König zu einer sichern, Hülfe garantierenden Haltung zu bestimmen. Während Christoph von Dohna im Gefolge des Fürsten von Anhalt nach Turin ging, um über die Befähigung des Herzogs Karl Emanuel zum Kandidaten für die Kaiserwahl ein endgültiges Urtheil zu gewinnen, eilte Achaz von Dohna, von Rusdorf begleitet, zu gleicher Zeit nach London, um bei den veränderten Verhältnissen den König Jakob auch zu veränderten Entschlüssen zu bewegen[92]). In Köln waren sie Zeugen einer parodirenden Darstellung der Reformationsvorgänge, die in Form einer Strassenkomödie von Jesuiten dem schaulustigen Volke vorgeführt wurden; von dort den Rhein zu Thal fahrend gelangten sie über Antwerpen und Calais nach glücklicher Ueberfahrt nach Dover, von wo sie in wenigen Tagen die kurze Strecke bis London, zuletzt zu Schiffe, schnell zurücklegten und am 29. April in London ankamen. Da der Hof sich bereits in Tibolts befand, so folgten ihm die Gesandten dorthin, wo ihnen gleich nach ihrem Eintreffen der Herzog von Buckingham, am Tage darauf der König selbst Audienz ertheilte. Einen bestimmten Bescheid auf die Propositionen des Pfalzgrafen lehnte der König für den Augenblick ab, da er eben im Begriffe stand, den Viscount Jakob von Doncaster als Gesandten mit bereits ausgefertigter eingehender Instruktion nach Deutschland zu schikken. Rusdorf, der schon einmal auf seinen Studienreisen im Jahre 1616 den König gesehen hatte, war erstaunt über dessen in der kurzen Zeit so gesteigerte Reizbarkeit und

erklärten, „wie ein Mann ohne alle aussergewöhnlichen Fähigkeiten, wofür er Buckingham schon damals hielt, die Leitung der Geschäfte hätte an sich reissen können." Da Achaz von Dohna selbst durch verschiedene Besuche bei den bedeutendsten Mitgliedern der englischen Regierung beschäftigt war, so fiel die Berichterstattung dem, wie es scheint, hauptsächlich zu diesem Zwecke mitgenommenen Rusdorf zu, eine Aufgabe, deren er sich, wie wir aus seinen Briefen ⁹³) sehen, mit der grössten Gewissenhaftigkeit entledigte. Am Tage nach der Audienz veranstaltete Doncaster den pfälzischen Gesandten zu Ehren ein grossartiges Gastmahl, bei welchem Rusdorf frühere Bekanntschaften erneuerte, neue knüpfte. Er fand dort alle die Männer, mit denen er nach einigen Jahren täglich in die engste Berührung kommen sollte, den Herzog von Lenox und den Grafen Pembroke, damals noch Kammerherrn des Königs, die Grafen Leicester und Aroundel, die Kammerherrn der Königin, von denen der letztere später mit verschiedenen diplomatischen Missionen in der pfälzischen Frage betraut wurde; von den Vertretern der fremden Mächte waren die Gesandten von Savoyen, den Niederlanden, Spanien und Frankreich anwesend, von denen die beiden letzteren, der von der pfälzischen Partei so gehasste Gondomar sowie der an sich, wie es schien, ziemlich einflusslose französische Bevollmächtigte Marquis von Frénel Rusdorfs besonderes Interesse erregten. Ueber Buckinghams Persönlichkeit konnte Rusdorf kein abschliessendes Urtheil gewinnen; doch sah er den Grund von dessen hervorragendem Einflusse weniger in den ausserordentlichen Fähigkeiten desselben, als in der persönlichen Neigung des Königs, eine Meinung, wie sie in der Folge sich stets fester bei ihm begründete. Nachdem die Gesandten noch der Leichenfeier der jüngst verstorbenen Königin Anna beigewohnt hatten, verliessen sie London am 27. Mai; die Hochfluth trug sie schnell die Themse stromab nach Margate, von wo sie ihre Ueberfahrt nach Vliessingen

Heidelberg wieder ein; kurz darauf kam auch Jakobs Gesandter Doncaster auf deutschem Boden an. Obgleich England noch keinen bestimmt zusagenden oder ablehnenden Bescheid ertheilt hatte, so wusste die Heidelberger Regierung doch zu sicher, wessen sie sich von jenem bald von spanischem, bald von pfälzischem Einflusse bestimmten Könige zu versehen hatte, als dass sie nicht hätte darauf denken sollen, die andern, im Bundesverhältnisse zu ihr stehende protestantische antihabsburgische Macht, die Niederlande, sich desto enger zu verbinden. Schon im Jahre 1613 bei der Rückkehr Friedrichs aus England war ein freilich beiden Theilen viel Spielraum gewährendes Bündniss zwischen der Union und den Niederlanden zu Stande gekommen; da dieses die Union für den Fall des sich erneuernden spanischen Krieges nicht zur direkten Theilnahme, sondern nur zur Zahlung mässiger Subsidien verpflichtete, so war es klar, dass die Niederlande ihrerseits ihre vertragsgemässen Leistungen für die Union jetzt nicht auf die 1613 noch schlummernde böhmische Sache auszudehnen brauchten [94]). Diese Frage wurde von entscheidender Wichtigkeit, als aus den böhmischen Wirren als vorläufiges Resultat die wirkliche Wahl Friedrichs fast genau gleichzeitig mit der Ferdinands zum Kaiser im August 1619 hervorging. Bald nach diesen Ereignissen ging daher [95]) Rusdorf im Auftrage seines Kurfürsten im September nach dem Haag, um die Generalstaaten zu einer festen Erklärung darüber zu veranlassen, ob sie auch die böhmische Sache als die ihrige anzusehen entschlossen wären; am $\frac{25.\ Sept.}{5.\ Okt.}$ kam er im Haag an, wo er schon am folgenden Tage Audienz bei Moritz von Oranien enthielt. An dieser Stelle tritt so recht die Hast wie die Unklarheit in Anhalts Politik zu Tage. Derselbe hatte den Rusdorf nicht einmal genügend über den Bescheid instruirt, den dieser über die fragliche Annahme der böhmischen Krone zu ertheilen

bietungen der Böhmen denke, konnte ihm Rusdorf nur mittheilen, dass der Fürst von Anhalt bei seiner Abreise ihm darüber bestimmte Auskunft zu geben nicht in der Lage gewesen wäre, dass nach Rusdorfs persönlichem Dafürhalten der Kurfürst in dieser wichtigen Sache gewiss sich nicht übereilen würde. So vorsichtig diese Antwort von Seiten des so schlecht instruirten Gesandten war, so unbefriedigend war sie für Oranien, der bei dieser gegenseitigen Ungewissheit im Voraus alle bezüglichen Vereinbarungen als völlig in der Luft stehend bezeichnete. Freilich war das Haus Habsburg auf seinen verschiedenen Thronen den Niederlanden wie der Union der gemeinsame Feind; aber es fehlte viel, dass der gemeinsame Feind sie zu gemeinsamen Handeln fortriss. Doch musste den Niederlanden daran liegen, auch den deutschen Habsburgern eine starke, geschlossene Opposition erstehen zu sehen, wie die spanische Linie sie in den Niederlanden bekämpfte; ebendesshalb konnte die Vereinigung aller antihabsburgischen Elemente unter einer gemeinsamen Führung, wie im Augenblicke unter dem Haupte der Union, den in ihrer Freiheit bald wieder gefährdeten Niederlanden nur wünschenswerth erscheinen, Vortheile, die sogleich wieder verloren gingen, wenn Friedrich die Herrschaft über die böhmischen Länder nur zögernd annahm oder schwach vertheidigte. Um vorläufig das erstere zu verhindern und den charakterlosen Friedrich zu einem endlichen Entschlusse zu bewegen, wies Oranien den pfälzischen Gesandten in der Audienz vom $\frac{27. \text{Sept.}}{1. \text{Okt.}}$ [96]) auf das nachdrücklichste auf die Nachtheile des langen Ueberlegens hin, während dessen den Feinden Zeit gegeben würde zu umfassenden Rüstungen, den Böhmen zu andern Entschlüssen; erst wenn durch die Annahme von Seiten Friedrichs die Verhältnisse eine bestimmte Gestalt genommen hätten, so lautete Oraniens Bescheid, dann sei er bereit, einem jedenfalls besser zu instruirenden pfälzischen Gesandten bindende Zusagen zu machen. Während

niederländischen Volkes den Pfalzgrafen offen zu der Annahme des verhängnissvollen Geschenkes zu ermuthigen suchten, vernahm man jedoch auch aus dem andern politischen Lager warnende Stimmen. Der zufällig anwesende Gouverneur der im Besitz der Infantin befindlichen Festung Rheinbergen deutete dem Rusdorf ernst genug an, dass die Aufnahme der böhmischen Sache durch Friedrich diesen einen Kampf wie mit den deutschen, so auch mit den spanischen Habsburgern kosten würde. Der englische Gesandte im Haag, Dudley Carleton, dem Rusdorf gleichfalls einen Besuch abstattete, suchte die in den Niederlanden offen getadelte schwankende Haltung seiner Regierung, das Zögern seines Königs mit einem definitiven Entschlusse nach Kräften zu entschuldigen, während ihm gegenüber der niederländische Staatsmann Franz Aerssens den König Jakob laut anklagte, „nur Englands unverantwortliche, zweideutige Haltung ermuthige die Gegner der protestantischen antihabsburgischen Partei." Freilich musste Oranien das nächste Interesse haben, bei dem bald wieder zu erwartenden Ausbruche der Feindseligkeiten mit Spanien die deutschen Habsburger in ihrem eigenen Reiche, wo möglich in ihren Erblanden durch einen gleichmächtigen Feind beschäftigt zu sehen; doch war es damals von ihm nicht zu verlangen, dass er dem Pfalzgrafen, der mit seinen Entschliessungen ihm gegenüber in so seltsamer Weise zurückhielt, im Voraus bestimmte Versprechungen gebe; doch liess er demselben, wenn er erst schlüssig geworden wäre, betreffenden Falls die thatkräftigste niederländische Unterstützung in Aussicht stellen. Wenn so Rusdorf seine Mission als eine nur halb gelungene zu betrachten vermochte, so hatte er auf der andern Seite die Genugthuung, wahrzunehmen, wie die Sache seines Herrn, des Neffen des grossen Oraniens, eine überaus populäre war, zumal das Volk das leutselige, herablassende Wesen Friedrichs noch aus der früheren Zeit seines Aufenthaltes dort in Erinnerung hatte.

Mit diesen sehr getheilten Empfindungen kehrte Rus-

reise ansehen, dass Franz Aerssens, als er [97]) im Anfange des folgenden Jahres 1620 zur Ratifikation eines Vertrages nach Venedig ging, auf der Reise durch Deutschland an verschiedenen Höfen für das Interesse Friedrichs V. sich zu verwenden den Auftrag erhielt. Schon bei der Gelegenheit von Rusdorfs eben erwähnter Gesandtschaftsreise nach dem Haag zeigte sich ein nicht zu verkennendes Misstrauen des Fürsten von Anhalt gegen Rusdorf, ein Moment, das jenen für den Augenblick freilich nicht bestimmen konnte, die Sendung Rusdorfs zu hintertreiben zu einer Zeit, wo bei ihren vielfach verschlungenen Beziehungen die pfälzische Politik fast ihre gesammten Diplomaten für ihre auswärtigen Missionen heranziehen musste. Freilich lebte auch in Rusdorf ein tiefes Misstrauen, ein starker Zweifel an dem Gelingen der so hochfliegenden anhaltischen Pläne, und man kann die Möglichkeit nicht in Abrede stellen, dass er denselben bisweilen einen entschiedenen, wenn auch erfolglosen Widerstand entgegengesetzt haben mag. Es lässt sich nicht sagen, wohin diese bereits weit gediehene Spannung, deren Rusdorf sogar in einem offiziellen Schreiben [98]) an den Kanzler von Grün gedenkt, geführt haben würde, wenn nicht die noch vor Ablauf des Jahres 1620 hereinbrechende Katastrophe mit ihren Folgen den einen der beiden Gegner in das feindliche Lager getrieben hätte.

Doch nur eine kurze Rast war Rusdorf auch nach dieser mit so vielen Schwierigkeiten verknüpften Gesandtschaftsreise vergönnt. Der Kurfürst Pfalzgraf, der immer mehr nach der Annahme jener verhängnissvollen Krone den festen Boden unter sich schwanken fühlte, suchte den Rückhalt, den er von der eigenen Macht der böhmischen Stände gegen die Rache des Kaisers nicht erwarten durfte, in Bündnissen und Verträgen mit fremden Mächten, die mit ihm doch nur das eine Interesse der Bekämpfung Habsburgs gemein hatten. Schon einmal hatte zu einer Zeit, wo die Niederlande noch

---

[97]) vgl. auch Alberdingk Thijm in der Allg. Biogr. 1875.

im schweren Kampfe gegen ihre Unterdrücker lagen, wo
Dänemark, im Innern unruhig, nicht daran denken konnte,
in Deutschland zu interveniren, wo man von Schweden noch
weniger ein Eingreifen erwarten durfte, kurz, wo die Mehrzahl der protestantischen Mächte ausser Stande war, ihre
Aufmerksamkeit auf die deutschen Wirren zu lenken: schon
einmal hatte da zum gemeinsamen Kampfe gegen das Haus
Oesterreich ein Staat die Hand geboten, der bisher ein, wenn
auch noch unbetheiligter, so doch nicht gleichgültiger Zuschauer der deutschen Ereignisse gewesen war: nur das jähe
Ende seines Königs hielt Frankreich von dem Kampfe gegen
den habsburgischen Supremat zurück. Die Tradition dieser
alten Beziehungen zwischen diesem Staate und der Fürstenopposition gegen den Kaiser war auch noch unter ganz veränderten, fast ins Gegentheil umgeschlagenen Verhältnissen
in Friedrichs V. Politik zu mächtig, als dass er jetzt, wo zu
seinem Schrecken die protestantischen Mächte seiner Sache
gegenüber sich so lau zeigten, sich nicht der den seinigen
verwandten Interessen Frankreichs erinnert hätte. Freilich
Heinrich IV. war nicht mehr; nach einer Zeit der masslosesten Reaktion hatte der Sturz d'Ancres dessen Nachfolger
auch in der äussern Politik in Bahnen gedrängt, welche der
der eben vergangenen Periode gerade entgegengesetzt waren.
Hatten die deutschen Protestanten bis zum Jahre 1617 von
der ebenso katholisch wie spanisch gesinnten Maria Medici
eher zu fürchten als zu hoffen gehabt, so erwarteten sie aus
dem Falle des Günstlings derselben auch für ihre Sache bessere Aussichten. Wie jedoch Luynes Verwaltung [99]) durchweg bezeichnet war durch die Züge der grössten Schwäche
und Planlosigkeit, hervorgegangen aus dem Bewusstsein seiner haltlosen Stellung, so macht dies Moment vor allen auch
in der deutschen Politik Frankreichs in jenen Jahren sich
geltend. Nur unbestimmte Kunde, nur unzuverlässige Be-

blieben von den fortdauernden Sympathien des jungen Ludwig XIII., so fehlte doch viel, dass man sich für berechtigt halten durfte, im Kriegsfalle auf eine thatsächliche Unterstützung durch jene Macht zu rechnen; und doch musste man gerade jetzt, wo es bald die Vertheidigung gegen Kaiser Ferdinand galt, über die Haltung des französischen Hofes vollste Klarheit haben.

Alle diese Umstände veranlassten [100]), dass in den ersten Tagen des Jahres 1620 eine pfälzische Gesandtschaft nach Paris ging, als deren Sprecher der anhaltische Edelmann und Resident Börstel erscheint, bei welcher sich auch Rusdorf, wahrscheinlich wieder zur sofortigen Berichterstattung, befand; ihre Aufgabe war [101]), dem französischen Hofe die Vortheile einer böhmischen Allianz einleuchtend zu machen und ihn über die Besorgniss einer Unterstützung der Hugenotten durch die deutschen Calvinisten zu beruhigen. Am 16. Januar hatten die Gesandten die erste Audienz bei dem Könige; dieser, selbst zum grossen Theil noch wenig orientirt über die neuesten Ereignisse in Deutschland, lehnte einen bestimmt formulirten Bescheid ab, da er seinerseits eben im Begriffe sei, den Herzog von Angouleme an der Spitze einer grösseren Gesandtschaft nach Deutschland zu schicken; ein ganz ähnliches Schicksal der Gesandten also wie das Jahr früher am englischen Hofe, der gleichfalls statt des Bescheides eine Gesandtschaft in Aussicht gestellt hatte. Im Uebrigen liess der König die Pfalz wie die Union seiner Freundschaft und Theilnahme versichern, ohne indess vorläufig dieselbe durch irgendwie bindende Verpflichtungen an den Tag zu legen. Aehnlich allgemein lautete der Bescheid, den die Gesandten bei dem Herzoge von Luynes erhielten; bei diesem war, wie Rusdorf schreibt, der Zudrang so gross, dass nur mit Mühe eine Audienz zu erlangen war; wurde ja doch Luynes gerade damals durch Vortheile der privatesten Art auf die Seite des Kaisers gezogen [102]). Die Stimmung des

---

100) MSC. II. 713 ff.

französischen Volkes schildert Rusdorf als eine sehr erregte, zumal die Augen des ganzen Landes auf die Lösung des Zerwürfnisses zwischen der Königin Mutter und ihrem Sohne oder vielmehr dessen Ministern gerichtet waren. Das Interesse für das Ausland konnte daher nur ein mässiges sein; nach den umlaufenden Gerüchten sollte die bevorstehende Gesandtschaftsreise Angoulemes einen noch weit grösseren Glanz entfalten als dies von dem Auftreten des englischen Gesandten Doncaster in Deutschland im Jahre vorher gerühmt war. Besonders nachtheilig für die pfälzische Sache fand es Rusdorf, dass man überall in Frankreich den konfessionellen Gegensatz von dem politischen nicht zu trennen, sich nicht zu der Vorstellung zu erheben vermochte, dass die deutschen Calvinisten völlig ausserhalb jeder Beziehung zu der oppositionellen hugenottischen Partei in Frankreich ständen, ein Beweis, wie geringes Verständniss der grossartige Plan Heinrichs IV. zur Bekämpfung der habsburgischen Universalmonarchie gefunden hatte, und wie wenig Vortheil man fast durchweg in Frankreich aus einer Unterstützung der Union erwartete. Mit ebenso glänzenden als gehaltlosen Versprechungen verabschiedet kehrten die Gesandten im Februar nach Deutschland zurück.

Während hier Christoph [103]) und Achaz von Dohna sowie Camerarius und die Mehrzahl der pfälzischen Staatsmänner dem neuen Könige von Böhmen nach Prag gefolgt waren, war Rusdorf nach seiner Rückkehr dazu berufen, zur Verfügung des Verwesers der pfälzischen Lande, des Pfalzgrafen Johann, in Heidelberg zurückzubleiben. Wenn auch am Prager Hofe die sorglose, fast siegestrunkene Stimmung des jungen Königs auch in seiner Umgebung sich noch einige Zeit erhielt, so verkannten in Heidelberg die oben genannten Leiter der pfälzischen Regierung, denen die bangen Ahnungen der Kurfürstin Wittwe sich gleichfalls mitzutheilen begannen, den Ernst und die Gefahr der Situation keinen Augenblick. Der nur gering anzuschlagende Erfolg, dass im

Februar des Jahres Friedrich die Huldigung auch der mährischen und schlesischen Stände empfing, konnte kaum in Betracht kommen gegenüber der für jenen so ungünstigen Stimmung der deutschen Fürsten, wie sie im März auf dem Mühlhäuser Fürstentage, und bald nachher in Abmahnungsschreiben aller Stände an Friedrich Ausdruck fanden. Bei diesem drückenden Dunkel am politischen Himmel ist es erklärlich, dass Rusdorf einen plötzlich aus einer ferneren Region hereindringenden Lichtstrahl unendlich freudig begrüsste — die Anwesenheit Gustav Adolphs am Heidelberger Hofe. Die Rücksicht auf Rusdorfs Eingreifen verlangt wenigstens ein paar kurze Bemerkungen über die verschiedenen Projekte zur Vermählung jenes Fürsten. Karl IX. von Schweden war [104]) an der Ausführung des Planes, seinen Sohn mit Elisabeth von England zu vermählen, nur durch den ihm wenige Monate zuvorkommenden jungen Kurfürsten Friedrich V. von der Pfalz verhindert worden; kaum ein Jahrzehnt später, Anfang 1615, tauschen bereits [105]) die Königin Wittwe von Schweden und der Landgraf Moritz von Hessen brieflich ihre Meinungen aus über eine ins Auge zu fassende Vermählung Gustav Adolphs mit einer Tochter Johann Sigismunds von Brandenburg; doch es blieben in Folge des in Brandenburg eingetretenen Thronwechsels und der Abneigung des Kurfürsten gegen die Verbindung die Versuche des jungen Königs, die Heirathsangelegenheit noch vor Ablauf des Jahres 1618 zum Abschlusse zu bringen, ohne Erfolg. War die pfälzische Dynastie bisher eifrig bemüht gewesen, dieses schwedische Heirathsprojekt, vermöge dessen der König von Schweden durch verwandtschaftliche Bande wenigstens an ein protestantisches Kurhaus gefesselt worden wäre, zu fördern, so veranlasste das halb zaudernde halb abweisende Verhalten Brandenburgs sie, an eine Verbindung Gustav Adolphs mit der Pfalz selbst zu denken und ihm, der bereits ungehalten schien über das Benehmen Brandenburgs, eine pfälzische Prinzessin anzutragen; soll doch auch [106]) die an den Kurfürsten Georg Wilhelm von Brandenburg vermählte Prinzessin Elisabeth Charlotte früher Gustav Adolph bestimmt gewesen sein. Nachdem seit der Rückkehr des Pfalzgrafen Johann Kasimir nach Deutschland und seit der Sendung des schwedischen Residenten Rutgers an Friedrich V. die politischen Beziehungen zwischen Gustav Adolph und dem Oberhaupte der Union sehr enge geworden waren, begab sich [107]) der König Ende März 1620 selbst nach Deutschland, um dort die so lange hingezogene Heirathsverhandlung zum endliche Abschlusse zu bringen oder für immer abzubrechen, sodann aber, um über die näheren Bedingungen eines schwedisch-pfälsischen Bündnisses, dessen ungefähre Umrisse Rutgers bereits entworfen hatte, durch eigene Anschauung sich zu unterrichten; im Anfange April 1620 kam er in Berlin an, wo er[108]) das strengste Incognito wahrte, jedoch unter dem Namen Gars (**G**ustavus **A**dolphus **R**ex **S**ueciae) den Gliedern der kurfürstlichen Familie vorgestellt wurde. Nach kurzem Aufenthalte folgte er seinem Schwager, dem Pfalzgrafen, der bereits nach Heidelberg vorausgeeilt war. Um die Mitte des Monats April traf Gustav Adolph in Heidelberg ein. Wie er auf seiner Reise durch Deutschland durchweg das strengste Incognito gewahrt hatte, so wurde auf seinen ausdrücklichsten Wunsch sein wirklicher Stand und Name auch hier von dem Pfalzgrafen

---

106) Häusser, Gesch. der rhein Pfalz II. 286.

107) Es ist (vgl. Hammarstrand,... förhandlingarne mellan Gustav II. Adolf och Frederik V, — bei G. Droysen a. a. O. S. 181) sehr zweifelhaft, ob Gustav Adolph schon im Jahr 1618, wie Gfrörer („Gustav Adolph" 2. Ausg. S. 91) annimmt, insgeheim nach Berlin gereist sei, „um sich mit eigenen Augen zu überzeugen, ob die Prinzessin seiner Wahl werth sei," um aber schliesslich mit ebenso geringem Erfolge als früher seine Gesandten, nach Schweden zurückzukehren. Auch an andern Orten (Letter from... Dudley to... Naunton, 20. Jul. 1620, in den Letters to and from Sir Dudley Car-

nur noch der verwittweten Kurfürstin mitgetheilt; dem übrigen Hofe wurde er als einfacher schwedischer Edelmann „im Dienste der schwedischen Regierung" vorgestellt [109]. Es brachte ihn dies Auftreten unter fremdem Namen in manche, für seine späteren Entschliessungen möglicherweise entscheidend gewordene Situationen; als er bei einem Ausfluge des Hofes der Prinzessin Catharina Sophie, die gerade im Gespräche mit dem Pfalzgrafen begriffen war, sich zu nähern suchte, machte diese in französischer Sprache, doch laut genug, dass es der König vernehmen konnte, verschiedene wenig schmeichelhafte Bemerkungen über die Zudringlichkeit der schwedischen Gäste, Aeusserungen, durch welche sie mit dem im Augenblicke lästigen Begleiter vielleicht für die Folge einen recht annehmbaren Freier für immer verscheuchte. Es kann zwar nicht mit Bestimmtheit gesagt werden, ob Gustav Adolph bei jenem Aufenthalte in Heidelberg überhaupt den Plan einer Werbung um Catharina hatte, dass davon bei seiner nach wenigen Tagen erfolgenden Abreise nicht mehr die Rede war, lässt sich jedoch mit Sicherheit behaupten. Gustav Adolph hatte den Wunsch geäussert, das Lager des Markgrafen von Baden im Elsass zu besuchen, ein Verlangen, das auch noch von andern am Heidelberger Hofe gerade anwesenden, fürstlichen Gästen getheilt wurde. Durch einen merkwürdigen Zufall war für die Dauer dieser Reise Rusdorf zum ständigen Begleiter des in seinem Inkognito von ihm völlig unerkannten Königs von Schweden bestimmt. Dieser sprach sich offen, wenn auch stets unter Wahrung seiner maskirten Stellung, über die Eindrücke aus, die er von Deutschland bisher gewonnen hatte und während der Reise noch weiter gewann. Als man durch die reichen Länder der Bischöfe von Worms und Speier kam und der Weg dicht am Fusse des bischöflichen Schlosses Ludelheim vorbeiführte, an Gebieten, die gerade hier mitten zwischen den pfälzischen

---

109) Auch nach Cronholm (Gustav II. Adolf in Deutschland, aus d. Schwed. v. Helms. 1875; I, 39), der den Aufenthalt Gustav Adolphs in Heidelberg kurz berührt, erhielt erst bei dem Abschiede

Besitzungen lagen, konnte Gustav Adolph den Ausruf nicht
unterdrücken, dass sich sein Herr, wenn er Beherrscher der
Pfalz wäre, längst diese blühenden Landschaften unterworfen,
diese „Päpste" zum Gehorsam gebracht haben würde. Als
im weiteren Verlaufe des Gesprächs Rusdorf seiner Verehrung
für den heldenmüthigen und so hochgebildeten Schwedenkönig begeisterten Ausdruck gab, zugleich aber sein Befremden darüber äusserte, dass die schwedischen Reichsstände,
denen er im Falle seines plötzlichen Todes dem Reiche keinen erbberechtigten Nachfolger hinterliesse, ihn nicht im Interesse des Staates zu einer baldigen Vermählung nöthigten,
entgegnete der Fremde, dass Gustav Adolph selbst zwar an
eine Vermählung denke, aber nicht etwa auf Befehl der
Reichsstände; in diesem Punkte wahre der König sich die
volle Freiheit des Entschlusses. Auch wir, entgegnete Rusdorf, hoffen ja, dass Gustav Adolph dem erlauchten Beispiele
seines Vaters folgen wird, der es nie bereut hat, noch als
Herzog von Südermannland die Schwester des Kurfürsten
Friedrichs IV. als Gattin heimgeführt zu haben. So wird denn
auch der Sohn dieser pfälzischen Fürstin, König Gustav Adolph,
die alten Familienbande durch neue noch fester zu knüpfen
suchen und, wie man allgemein annimmt, um die Hand der
Katharina Sophia, der Schwester des Königs von Böhmen, sich
bewerben. In der Fülle ihrer Kraft und Schönheit, nur wenige Jahre jünger als der König, eine Tochter des edelsten
deutschen Fürstenhauses, vereint sie nicht alles, um des
grossen Königs würdig zu erscheinen? Ein gleiches Geschick,
eine gleiche Gefahr droht dem Herrscher Schwedens und
Böhmens; dasselbe Bekenntniss, derselbe bestrittene Thron
wird hier wie dort von beiden gegen die Ansprüche und die
Eifersucht des eigenen Geschlechts verfochten. Wie die Furcht
vor dem bevorstehenden Kampfe mit dem Kaiser und dessen
Bundesgenossen dem böhmischen Könige die Ruhe raubt, so

genossen ärmer? siegt der Kaiser über das evangelische Deutschland, ist es dann mit den Plänen der auswärtigen Politik Gustav Adolphs nicht für immer vorbei?" Ohne auf die übereifrigen Vermählungsprojekte Rusdorfs näher einzugehen, versicherte sein Begleiter, dass er in der Lage sei, die besten Wünsche seines Königs für das Gelingen der böhmischen Sache auszusprechen, dass derselbe, so weit seine Verhältnisse es ihm gestatteten, zur thatkräftigsten Hülfleistung für Friedrich bereit sei, dass er in dem für die Pfalz glücklichen Ausgange der böhmischen Frage eine Förderung seiner eigenen Pläne erblicke. Freudig vernahm Rusdorf diese Versicherung der schwedischen Sympathien; doch konnte er nicht umhin, zu bedauern, dass diese doch so wenig durch die wirkliche That unterstützt werden könnten. Die Abgelegenheit Schwedens, seine Armuth an Geld und Menschen, endlich der Krieg, in den es mit Polen verwickelt sei, müssten auf jedes grössere Unternehmen Gustav Adolphs nach Deutschland von vorn herein lähmend wirken. In der bescheidensten Weise äusserte der König der geringen Meinung Rusdorfs von den Machtmitteln Schwedens gegenüber: Wenn der schwedische Handel auch nicht mit dem der Niederlande und Englands sich messen könne, so erfreue doch der Bergbau sich eines grossen Aufschwungs, so dass man für eine Million Reichsthaler von Dänemark die Feste Calmar habe zurückkaufen können. Eine weise Verwaltung habe dem Lande einen für den Kriegsfall stets bereitstehenden Staatsschaatz geschaffen, den von den erwähnten Ländern nicht blos England gerade damals schmerzlich entbehrte. Als das Gespräch sich auf die katholische Religion lenkte, erzählte der König mit Entrüstung, wie ihm gegenüber bei der Durchreise durch Erfurt ein römisch-katholischer Priester für einen Dukaten die Messgeheimnisse profanirt habe. Nach wenigen Tagen verabschiedete sich der König von Rusdorf; dieser fragte ihn, da er vielleicht einmal von seinem Könige als Gesandter nach Schweden geschickt werden könnte, nach

er ihn, dass er im Falle einer Reise nach Schweden die von ihm gerühmte Leutseligkeit Gustav Adolphs persönlich kennen lernen würde. Nach kurzem Aufenthalte im badischen Lager verliess der König das Elsass; statt seiner ursprünglichen Absicht gemäss über Ulm, wo eben die Fürsten der Union versammelt waren, nach Böhmen und der Lausitz zu gehen, um den König Friedrich zu treffen, nahm er den Rückweg über Meissen und besuchte seinen Verwandten, den Herzog Adolf Friedrich von Mecklenburg. Erst als er sich auf der Insel Poel von seinem Schwager, dem Pfalzgrafen trennte, liess er sein Incognito fallen: er trug demselben die besten Grüsse an den Heidelberger Hof „nicht mehr von Gars, sondern von dem Könige Gustav Adolph"[110]) auf. Bald nach des Königs Abreise von Heidelberg erfuhr auch Rusdorf von der Kurfürstin Wittwe, wen zu begleiten er die Ehre gehabt habe. Da ward ihm dann manches dunkele Wort verständlich, auch der Name Gars offenbarte sich ihm jetzt in seiner Bedeutung und er pries das Schicksal, das ihm damals vergönnte, die so nahe persönliche Bekanntschaft des in der Folge so bedeutsamen Mannes zu machen; noch lange nachher[111]) gedenkt er in seinen Briefen jener Tage, für immer hatten sie in ihm die Verehrung gegen jenen Helden begründet.

Werfen wir einen Blick zurück auf die Rolle, welche wir Rusdorf Gustav Adolph gegenüber spielen sehen, so erkennen wir auf den ersten Blick, wie er im Dienste der Politik seiner Regierung deren Interessen wahrzunehmen, wie er auch seinen schwedischen Gast für das pfälzische Heirathsprojekt zu gewinnen sucht, das ja gerade damals bei der Gleichgültigkeit des Berliner Hofes die besten Aussichten zu haben schien. Da wir ausser Rusdorfs Briefen fast keine eingehenderen Nachrichten[112]) über jenen Besuch Gustav Adolphs in Heidelberg haben, so müssen wir es uns versa-

rüber ein sicheres Urtheil zu haben, ob es am Hofe offenes Geheimniss war, wer unter dem Namen GARS sich verbarg, ob Rusdorf nur desshalb eine Unkenntniss der Person gebeuchelt habe, „um unter der Maske des Verkennens desto leichter seine Anträge, die so zarter Art waren, an den Mann zu bringen." Gfrörer glaubt es nicht sowohl aus vorliegenden Quellen, die, wie erwähnt, gerade hier fehlen, als aus der Situation im Allgemeinen schliessen zu dürfen, dass das, „was andere wissen mussten, unmöglich dem ‚ersten Minister' hätte verborgen bleiben können." Gerade das Gegentheil liesse sich aus Rusdorfs Berichte folgern: wäre dieser wirklich das gewesen, wozu ihn Gfrörer macht, „erster Minister", wie hätte er dann noch ohne Kenntniss von dem inzwischen erfolgten definitiven Abschlusse der brandenburgischen Heirath sein können[114])?

Bereits früher ist darauf hingewiesen, wie bei dem weitern Umsichgreifen der tollkühnen Politik Christians von Anhalt Rusdorf zuerst mehr passiv, später immer entschiedener jenen Plänen, deren Verderblichkeit er früh erkannte, entgegenzutreten versucht hatte. Bald musste er wahrnehmen, dass neben Christian am Hofe Friedrichs für keinen zweiten Platz war; was jener auch immer thun mochte, seines Fürsten war er sicher. Während die übrigen Räthe daher im Jahre 1619 dem Könige nach Prag folgten, war Rusdorf, wie wir erwähnten, auf seinen eigenen Wunsch in Heidelberg zur Verfügung des Pfalzgrafen Johann zurückgeblieben. Dieser sandte ihn im Sommer 1620 nach Schwaben zu dem dort zur Zeit unter dem Markgrafen Joachim Ernst von Ansbach noch unthätig lagernden Unionsheere. Es musste der pfälzischen Regierung daran liegen, durch regelmässige Berichte über den Umfang der Rüstungen der Union, und, wenn es zur Aktion käme, über den Verlauf derselben orientirt zu werden; in der Berichterstattung nach dieser Seite hin lag daher Rusdorfs eigentliche Aufgabe. Es kam dazu, dass häufig fremde Gesandte an die unirten Stände der Kürze wegen gleich an den mit ausgedehnten Vollmachten versehnen Oberbefehlshaber des Unionsheeres sich wandten, deren Anträge und Bescheide Rusdorf dann umgehend dem Pfalzgrafen nach Heidelberg zu berichten hatte. Ein überaus trauriges Bild ist es, das Rusdorf[115]) von dem Zustande und der Führung des Heeres entwirft: Die Verschiedenheit und Ungleichartigkeit der Bewaffnung und der Führung bei den Kontingenten der einzelnen Unionsglieder trat auch hier wieder im grellsten Lichte hervor; die Buntscheckigkeit der Bewaffnung, die Verschiedenartigkeit der Führung bei den einzelnen Kontingenten der Unionsglieder, die oberste Leitung in den Händen eines Mannes, dem Rusdorf selbst Lässigkeit im Dienste, strategische Unfähigkeit, ja selbst[116]) geheimes Einverständniss mit dem Feinde Schuld giebt, die Eifersucht der verschiedenen Unionsfürsten gegen den Höchstkommandirenden: Das war es, was Rusdorf in dem Feldlager des Markgrafen kennen lernte. Ueber die eigentlich militärischen Ereignisse auf dem Kriegsschauplatze bieten Rusdorfs Relationen wenig; wohl schon auf anderm Wege wurde dem Pfalzgrafen das Wenige berichtet, was von dem planlosen Umherziehen des Unionsheeres in Schwaben und am Oberrheine zu sagen war. Dagegen enthalten seine Berichte eingehende Schilderungen über die Stimmung im Heere und in den oberdeutschen Reichsstädten, die in den bedenklichsten Akten der Widersetzlichkeit bei dem ersteren, in der erschreckendsten Gleichgültigkeit seitens der letzteren Ausdruck fand; sie zeigen, mit welcher Unlust vor allem die Städte am Kriege sich betheiligten, und auf wie schwachem Grunde die Hoffnung Friedrichs auf die Beschützung der Pfalz durch die Unionstruppen ruhte. Bedurfte man hier zur Abwehr Spinolas und Maximilians von Baiern vor allem tüchtiger, kriegsgeübter Soldaten, so fehlte es auf dem böhmischen

---

115) Loen I, 7.

Kriegsschauplatze an einem Führer, der die in dem Heere der böhmischen Stände überall gelöste Ordnung wieder herstellte. So erklärt es sich, dass das Ereigniss, welches durch seine Folgen den jungen Thron Friedrichs eigentlich schon stürzte, indem es ihm auch rechtlich jede Unterstützung durch den Bund abschnitt, der Vertrag zu Ulm am 3. Juli, auf Rusdorf nicht den vielleicht zu erwartenden Eindruck machte. Rusdorf hatte bei seinem monatelangen Aufenthalte in dem Hauptquartiere des Unionsfeldherrn die Ohnmacht und eigene Hülfsbedürftigkeit[117]) des Bundes viel zu genau kennen gelernt, als dass er einen besonderen Nachtheil gerade darin gesehen hätte, dass derselbe dem Könige Friedrich seinen Schutz jetzt auch rechtlich in aller Form entzog. Je näher der Katastrophe, um so deutlicher tritt die vollkommene Halt- und Planlosigkeit in der Politik der Unirten hervor; denn während diese durch Spinolas vieldeutige Bescheide über den Ernst der Lage sich täuschen liessen, erhielten sie ihre Kontingente in der bisherigen Stärke, die für den Frieden unverhältnissmässig hoch, bei der jetzigen Lage aber durchaus ungenügend war. Am deutlichsten tritt diese vollkommene Unklarheit ihrer Politik in den Anerbietungen und Versprechungen hervor, welche die Union, selbst nicht mehr bündnissfähig, fremden Fürsten machte; denn hatte man auch durch den Ulmer Vertrag der Liga und in Wahrheit auch dem Kaiser gegenüber völlig die Waffen aus der Hand gegeben, so hörte man doch nicht auf, an Bundesverträgen mit fremden Staaten eine Stütze zu suchen; vor Allem waren es, nachdem man Englands Gleichgültigkeit kennen gelernt hatte, Dänemark und die Niederlande, die man für die Sache der Union zu gewinnen hoffte. Ausserdem strebte man auch den Kurfürsten von Brandenburg als Prätendenten des von Spinola bedrohten Jülich durch Versprechungen in das Interesse des Bundes zu ziehn.

---

117) vgl. die Flugschrift: Dreyssig | WArhaffte Vrsachen | dess

Im Oktober 1620 war, wie Rusdorf berichtet [118]), der braunschweigische Bevollmächtigte der Union, Johann Eggebrecht von Westphal, nach Dänemark geschickt, um die Hoffnung des Königs auf die von ihm so sehr erstrebten niederdeutschen Bisthümer neu zu beleben und in dem Verfolge dieser Aussichten ihn der Union wieder näher zu bringen, der eine dänische Unterstützung gerade damals erwünscht sein musste. Doch unterbrach Westphal schon in Wolfenbüttel seine Reise, da ihn der dortige dänische Gesandte, Bernhard von der Geist, auf die zur Zeit wahrscheinliche Erbfolglosigkeit derselben aufmerksam machte; denn auf der einen Seite könne der König Christian vor der Zusammenberufung der dänischen Reichsstände keine bindenden Zusagen machen, auf der andern müsse er, ehe er an eine Unterstützung der Union denken könne, über die weiteren Pläne derselben genau unterrichtet sein. Augenscheinlich wollte Dänemark die Gesuche der Union vorläufig von sich fern halten, um sich selbst den etwa sich bietenden günstigen Zeitpunkt zum Eingreifen in die Aktion vorzubehalten; der genaueren Mittheilung über die Verhältnisse der Union bedurfte es für den König Christian wohl, doch erhielt er sie durch einen ständigen Berichterstatter bei dem Unionsheere, Julius Adolf von Wietersheim. Doch unterliess trotz dieser beständig ausweichenden Haltung Dänemarks der Bund nicht, es zu einem Bündnisse zu drängen; nachdem Westphal ohne Erfolg heimgekehrt war, wurde beschlossen, in der nächsten Zeit den hessischen Marschall Dietrich Werther nach Kopenhagen zu schicken, um von Christian gegen den Preis der westfälischen Bisthümer direkte Hülfleistung oder wenigstens Subsidien zu erlangen; derselbe Gesandte sollte dann im Haag den Prinzen von Oranien zur Wiederbesetzung der niedersächsischen Stifter zu bestimmen suchen, damit sie Spinola nicht in die Hände fielen; endlich war es Werthers Aufgabe, noch an den Berliner Hof sich zu

---

118) Für das Folgende s. d. Broschüre: Vmbständiger Bericht vnd | Relationes | Etlicher gewester Chur | pfaltz geheimber vertrawtester | Räth | 1620. 1621. 1622. | ... Auss denen in der Heidel | ber-

begeben, um den Kurfürsten wegen der jülichschen Lande besorgt zu machen und im Hinblicke hierauf zur Unterstützung der Union zu bewegen. Am 16. Oktober verliess der Gesandte der Union mit den erforderlichen Instruktionen Worms, das Hauptquartier des Markgrafen von Ansbach. In der bündigsten Kürze, ohne irgendwie seinen eigenen Gedanken Ausdruck zu gönnen, berichtet Rusdorf das soeben Mitgetheilte bereits am Tage nach der Abreise Werthers nach Heidelberg. — Wer sollte jedoch nach Allem, was vorgefallen war, besonders, nachdem die englische Politik ihre ganze Charakterlosigkeit und Schwäche so offen gezeigt hatte, es noch wagen, die Partei dessen zu ergreifen, von dem seine eigenen Bundesgenossen sich jetzt zurückgezogen hatten, wer durch eine offizielle Beziehung zu der Union sich noch kompromittiren, nachdem diese ihren politischen Bankerott durch den Ulmer Vertrag selbst eingestanden hatte? Es waren dies alles Momente, die [119]) Rusdorfs nüchterner Betrachtung nicht entgingen, die er in seinen Berichten auf das nachdrücklichste hervorhob, und denen auch der Pfalzgraf Statthalter sich keineswegs verschloss. Auch dieser behielt in dem fortgesetzten Kampfe der politischen Prinzipien die Fähigkeit objektiver Prüfung, allseitiger Erwägung, in welcher ihm vor allen, wie er sagt, der wahre Werth des Staatsmannes zu liegen schien. Doch was vermochten all diese Bedenken gegen die hochfliegenden, über die Wirklichkeit der Verhältnisse sich hinwegsetzenden Pläne Anhalts? Was nützte auch jetzt noch, wo bairische und kaiserliche Schaaren bereits die Grenze Böhmens überschritten hatten, eine Umkehr, selbst wenn sie wirklich gewollt worden wäre?

So brach denn am 8. November die längst unvermeidliche Katastrophe herein; sie entriss dem Könige die Krone, bei deren Annahme er zu viel, bei deren Vertheidigung er zu wenig Eifer gezeigt hatte. Verliess ihn in der Schlacht am weissen Berge das Glück, so verliess ihn nach derselben

seine Partie zwar besiegt, aber entfernt nicht überwältigt hatte. Seine vorschnelle Flucht verdarb alles. Eine bedingungslose Unterwerfung war nach dem Urtheile Rusdorfs jetzt das einzige Mittel, von welchem noch Rettung zu hoffen war. Die Begründung dieser Ansicht gab er in der lateinisch geschriebenen, am 1. Dezember dem Staatsrathe überreichten „Politischen Denkschrift, in welcher mit vielen Gründen dargelegt wird, wie rathsam, ja, fast nothwendig es ist, mit dem siegreichen Kaiser sich zu versöhnen, ehe die Acht gegen den Pfalzgrafen Kurfürsten Friedrich veröffentlicht wird, und die Unirten Fürsten den Bund mit der Pfalz und deren Vertheidigung aufgeben." [120]) Er geht hier zuerst die Reihe der anti-habsburgischen Mächte durch und weist von jeder einzelnen ihre geringe Opferwilligkeit für die Pfalz nach: England habe schon vor der Niederlage der pfälzischen Sache jeder Gemeinschaft mit derselben auszuweichen gesucht; Dänemark [121]) und Schweden [122]) wollten nicht eher auf den Schauplatz treten, als bis sie eines zuverlässigen Bundesgenossen versichert sein könnten; ausserdem bedürfe es in beiden Staaten für die Fürsten der Uebereinstimmung mit den Ständen; wahrscheinlich würden sie eingreifen, wenn alles schon verloren ist; — den Generalstaaten binde [123]) Spanien gegenüber der Waffenstillstand noch die Hände, nach dessen Ablaufe wiederum sie mit ihrer eigenen Vertheidigung genug zu thun haben werden; Bethlen Gabor, [124]) unwillig über die bisherige schlaffe Haltung der Pfalz, sucht mit dem Kaiser so gut als möglich sich zu vertragen; eher wäre noch etwas von den Türken zu erwarten, doch Rusdorf schaudert bei dem Gedanken, durch ihre Hülfe den Kaiser besiegt und den

---

120) Loen I, 5—12.
121) vgl. auch den Brief Gustav Adolphs an Friedrich V. a. a. O.
122) Wastena 3. Okt. 1619, bei C. A. Müller 5 Bücher u. s. w. S. 306.
123) vgl. auch den Brief der Generalstaaten an Jakob v. Engl. 25. Febr.

Protestantismus wiederhergestellt zu sehen; endlich setzt die Pfalz ihre Hoffnung auf die diplomatischen Differenzen des Kaisers mit Savoyen, der Schweiz, Frankreich und Venedig; doch bisher sind diese Mächte noch nicht über Proteste und Gesandtschaften hinausgekommen. Mit dem Hinweise auf diese so hoffnungslosen Aussichten der Pfalz nach aussen hin sowie auf deren eigenen Hülflosigkeit begründet Rusdorf seinen Vorschlag, durch sofortige Unterwerfung die Acht, wenn möglich, noch abzuwenden; wie weit freilich zu einer Zeit, wo jene von Kaiser längst beschlossen war[125]), Rusdorfs Meinung der Situation entsprach, lässt sich schwer verkennen. Ganz entgegengesetzt lautet der Rath, den Camerarius seinem Herren giebt. Wenn Rusdorf diesen drängte, „den Schlag der Achtserklärung nicht abzuwarten und lieber bei Zeiten das angemasste Königreich zurückzugeben, das er doch nicht vertheidigen könne", so ermahnt Camerarius[126]) den rathlosen Fürsten, den Muth nicht sinken zu lassen; mit Prag sei noch nicht alles verloren, schon beginne König Jakob eine günstigere Haltung anzunehmen und die Säumigkeit der geistlichen Mitglieder im Zahlen der Beiträge bringe bereits den Herzog von Baiern in bedenkliche Verlegenheit. Doch wurde Rusdorfs Gutachten die Grundlage für die Vorschläge Jakobs, der jetzt seinem Schwiegersohne im Falle der bedingten Unterwerfung wirkliche Hilfe durch Geld und Truppen zusagte. Mit der Katastrophe von Prag war gleichzeitig der bisherige unumschränkte Leiter der pfälzischen Politik, der Fürst von Anhalt, vom Schauplatze abgetreten, ohne einen seiner Richtung irgendwie verwandten Diplomaten als seinen Nachfolger zurückzulassen; es musste daher für den Au-

---

125) Cancell. Hisp. (Consid. III.) Ex multis iisque certis circumstantiis firmissime videtur colligi posse, factam Bavariae Duci de Palatinatu promissionem, antequam Fridericus Elector Bohemiam ingressus et Pragae coronatus fuit... [Hoc] ex eo liquet, quod in epistola Imperatoris ad Zunigam diserte dicitur, Caesarem jam olim

genblick eine Zeit der Rathlosigkeit, der Verwirrung eintreten;
freilich hatte Anhalts Eroberungspolitik zuletzt in fast allen
übrigen pfälzischen Staatsmännern ihre Gegner gefunden;
doch fehlte viel, das dieser gemeinsame, bisher nur schwach
zur Geltung gekommene Widerstand derselben gegen die
herrschende Richtung zugleich eine Politik geschaffen hätte,
die, mit sich selbst in Uebereinstimmung über die zu bringenden
Opfer, mit allseitig gleichen Mitteln das gemeinsame
Ziel, die Restitution des Pfalzgrafen verfolgte.

Wenn nun unmittelbar nach der Niederlage die Meinungen
der pfälzischen Diplomaten, wie wir oben sahen, noch
getheilt waren zwischen Fortsetzung des Kampfes und Unterwerfung,
so musste sehr bald, nachdem, wie vorauszusehen
war, der Sieg des Kaisers in seinen Folgen sich wirksam
zeigte und am 22. Januar 1621 die Achtserklärung gegen
den Pfalzgrafen veröffentlicht war, die Meinung des Camerarius
den Ereignissen gegenüber Recht behalten: von einer
völligen, bedingungslosen Unterwerfung war jetzt nichts mehr
zu hoffen, nur der entschlossene Kampf der besiegten Partei
gegen die kaiserliche Uebermacht mit Schwert und Feder
konnte noch Rettung verschaffen. Während daher Mansfeld
unentmuthigt in Böhmen weiter kämpfte, während eine englische
Schaar unter Horace de Veer das pfälzische Erbland
im ungleichen Streite gegen Spinolas überlegene Heeresmacht
zu vertheidigen strebte, entbrannte auch auf einem andern
Gebiete ein Kampf, der an Wirksamkeit jenem mit dem
Schwerte geführten nichts nachgab, an Erbitterung ihn weit
übertraf. Gegen die Achtserklärung, die trotz der völligen
Verschiedenheit beider Fälle schon in der Form an jene
frühere gegen den Kurfürsten Johann Friedrich aus dem Jahre
1547 erinnerte, richteten sich gleich nach ihrer Veröffentlichung
eine unendliche Fülle von Flugschriften aller Art,
die ausgehend theils von der juristisch völlig ungenügenden
Form der Aechtung, theils von dem Mangel einer erwiesenen

als designirter König von Böhmen könne er von dem Pfalzgrafen verletzt erscheinen; er habe nicht, wie es doch die goldene Bulle sowie seine eigene Wahlkapitulation forderten, in Uebereinstimmung mit den Kurfürsten die Acht verhängt; er habe gleichfalls nicht, wie es ihm jene Reichsgesetze zur Pflicht machten, den Beklagten gerichtlich gehört, er könne endlich überhaupt in seiner eigenen Sache nicht Richter sein u. s. w. Ihren ersten Ausdruck in freilich wenig geordneter und begründender Form hatten bereits vor der wirklich erfolgten Veröffentlichung der längst erwarteten Acht noch ganz am Ende des Jahres 1620 diese Vorwürfe gegen den Kaiser gefunden, nachdem sie bereits in manchen einzelnen, die Stimmung im Allgemeinen aufregenden fliegenden Schriften ausgesprochen waren, in dem „Exemplum insigne processus in aula Caesarea judiciarii circa Palatini proscriptionem, varias continens epistolas notis illustratas" [s. l.]. 1620. 4.; verbreiteter in der deutschen Ausgabe [127]) „Ein denkwürdig Modell der kaiserlichen Hofprocesse d. i. glaubwürdiger Abdruck etlicher kaiserlicher und anderer Schriften, deren Originalien vorhanden sein, daraus klärlich zu sehen, wie partheiisch, widerrechtlich und gewaltthätig mit der vorhabenden nichtigen Achtserklärung und Exekution in böhmischen Sachen verfahren werde. [s. l.]. I. J. MDCXX. 46 Q. Seiten. Während diese Schrift, die vor allen auch die schon oft gerügten Uebergriffe und Kompetenzüberschreitungen des Reichshofsraths zum Nachtheile des Reichskammergerichts scharf angriff, vor allen auch durch die Mittheilung von sechszehn den Kaiser überaus blossstellenden Schreiben, in grossen Zügen und allgemeinen Umrissen die Rechtswidrigkeit des Achtsverfahrens der Menge zum Bewusstsein zu bringen suchte, trat bald darauf, spätestens im April 1621 [128]) Rusdorf auf den publizistischen Kampfplatz mit der „Deductio nullitatum, quibus prosciptionem in aula Imperatoria contra Electorem Palatinum decretam, et in imperio evulgatam, scatere, et proinde nullius roboris, valoris effectus aut considerationis esse breviter probatur." [s. l.] Anno MDCXXI. Hier führt der Verfasser, der vorläufig noch mit seinem Namen zurückhält,[129]) den ins Einzelne gehenden historischen und staatsrechtlichen Nachweis, wie die Achtserklärung in dieser Form nicht blos jeder Berechtigung, sondern auch jeder Analogie aus früherer Zeit entbehre. Er geht die sämmtlichen Fälle der von deutschen Kaisern verhängten Aechtungen durch von dem Bannspruch Heinrichs IV. gegen Otto von Nordheim an bis herab auf die Proskriptionen Karls V., indem er bei jedem einzelnen Beispiele der Art der jedesmaligen Mitwirkung seitens der Fürsten gedenkt. Wenn so kein Präcedenzfall im Reiche selbst das Vorgehen Ferdinands zu rechtfertigen vermöge, so biete auch die Geschichte und die Handhabung des Staatsrechts fremder Länder kein Analogon für den gegebenen, auf diese Weise ganz beispiellosen Fall; als Resultat der langen Untersuchung stellen sich vier Hauptsätze dar, an welche desshalb die weitere Polemik der Gegner sich knüpfte: der Kaiser hatte nicht das Recht zur Aechtung, denn 1. ist es seine eigene Sache, die er gegen den Pfalzgrafen vertritt; in einer solchen kann aber niemand, selbst der Kaiser nicht, zugleich Richter sein. 2. Der Pfalzgraf, der durch das Recht bestimmte Reichsvikar und Vertreter des Kaisers, ist vielmehr hier der Richter desselben in dessen Streitsache mit den Böhmen, in welcher Ferdinand nicht Recht sprechen darf. 3. Die Achtserklärung kann nicht erlassen werden ohne die Zuziehung und Zustimmung der Reichsstände, zum wenigsten der Kurfürsten. 4. Der Kaiser hat den Geächteten nicht in Gemässheit der Reichsgesetze vorher gerichtlich gehört, da es ihm, seinen Hofräthen, sowie den ihm ergebenen geistlichen Fürsten unbequem erschien. Die Schrift Rusdorfs fand unglaublich schnelle Verbreitung: allein aus dem Jahre 1621 liegen uns verschiedene Drucke vor, die nur geringe Abweichungen von einander erkennen lassen; dazu kommen noch [130]) die Uebersetzungen in fremde Sprachen, so die „Kurze Darstellung der Nullitäten" u. s. w. (bei Londorp II, 356 ff. als „Kurze Darstellung und Bericht etc."), Deductie daerinde nulliteyten etc. Im folgenden Jahre erschien zugleich mit einer Vorrede des jetzt mit seinem Namen offen hervortretenden Verfassers eine neue, fast um das Doppelte vermehrte Auflage, deren Titel noch die Bezeichnung „Specimen patrocinii pro... Friderico..." vorgesetzt ist. In der Vorrede, welche vom 13. Februar 1622 datirt ist, versichert Rusdorf: „Nicht Leidenschaftlichkeit oder Streben nach Gunst, nicht Hass oder Hoffnung auf Belohnung bestimmten mich zu der Herausgabe, nur die Liebe zur lautern Wahrheit, das Streben nach Gerechtigkeit, der Eifer für die gute Sache... Fern lag es mir, die Hoheit kaiserlicher Majestät auf irgend eine Art zu beleidigen oder zu verletzen, ihre Würde durch eine ungebührliche Sprache anzugreifen und zu entweihen... Bald wird es sich entscheiden, ob das festbegründete Recht der Vergangenheit, ob neue Gewalten einer neuen Zeit sich behaupten werden" u. s. w.... Die inzwischen im Mai 1621 erfolgte Veröffentlichung der Anhaltischen Canzlei hatte eben noch die Zurückweisung einiger dort erhobenen Vorwürfe erforderlich gemacht, besonders die Widerlegung des Einwandes, dass den Bestimmungen der goldenen Bulle und der Wahlkapitulation betreffend die Zustimmung der Fürsten zu der Acht Genüge geschehen sei durch die rein private Korrespondenz des Kaisers mit einigen Kurfürsten kurz vor der faktischen Bekanntmachung der längst formulirten Achtserklärung. Noch ehe Camerarius den für den Augenblick so verderblich wirkenden Publikationen des Münchener Hofes eine umfassende Gegenschrift in der „Spanischen Canzlei" vom März 1622 [131]) entgegenstellen konnte, erschien bereits die Antwort der Gegner auf Rusdorfs Deduktion als Iustitia Caesarea Imperialis, circa declarationem banni contra Comitem Palatinum

Electorem, et circa nuperam Executionem contra captivos Pragenses, clare demonstrata adversariisque calumniatoribus directe opposita. [s. l.] Anno MDCXXII. 4. 80 pag. — Eng an den Wortlaut der Hauptsätze in der Deductio Rusdorfs sich anschliessend sucht der anonyme [132]) Verfasser in 24 Propositionen die Entstellung der Thatsachen sowie das mangelhafte Verständniss der Reichsgesetze seitens der pfälzischen Partei darzuthun: aus der Vorrede [133]) geht deutlich hervor, dass die Schrift bereits im Jahre 1621, nicht viel über ein halbes Jahr nach der Achtserklärung verfasst, ihre Veröffentlichung aus unbekannten Gründen länger verzögert, durch das bevorstehende Erscheinen der Cancellaria Hispanica aber schliesslich beschleunigt war. Den weiteren Verlauf der zuletzt kaum noch politisch bedeutsamen, höchstens noch vom litterarischen Gesichtspunkte aus interessanten publizistischen Fehde, die in der bereits erwähnten Anhaltischen und der bald nach der „Justitia" erscheinenden spanischen Canzlei einen gewissen Ausgangspunkt fanden, weiter zu verfolgen, liegt ausserhalb des Rahmens dieser Darstellung, für welche jener Federkrieg nur durch Rusdorfs Betheiligung ein Interesse gewinnt. Wie man diesen letzten auf Grund der Autorschaft der Specimen patrocinii (s. o.) noch weiterhin zum Träger der publizistischen Opposition gegen Keller, Leuker, Jöcher u. s. machte, während Camerarius seine Fehde mit „Fabius Hercynianus", dem Rektor des Jesuitencollegiums in München, Jacob Keller, bis in das Jahr 1626 hinein aus-

---

132) Senckenberg [Häberlin-Senckenberg XXV, 4] führt einige der erwähnten Flugblätter an mit der Bemerkung „Schriften, von welchen allen in der diesem oder dem nächsten Bande vorzusetzenden litterarischen Notiz weitläufiger gehandelt werden wird." Es ist mir nicht gelungen, überhaupt in einem der noch erschienenen Bände des Häberlin-Senckenbergschen Geschichtswerks diese gewiss äusserst interessante in Aussicht gestellte „Notiz" aufzufinden; möglich, dass der noch vor der Beendigung des Werkes eingetretene Tod des Verfassers dessen Plan dazu vereitelte.

focht, davon wird an der betreffenden Stelle in Rusdorfs Leben näher zu reden sein. Wenn die Gesichtspunkte und der Ton der polemischen Flugblätter wesentlich bestimmt wurden durch die zufälligen Erfolge der Parteien, deren Diplomaten auf der publizistischen Arena sich mit einander mafsen: so tritt auf der andern Seite wiederum, wenn auch äusserlich weniger bemerkbar, der Einfluss der Pamphlete und Deduktionen in den veränderten Massregeln hervor, die unter ihrem Eindrucke genommen wurden. Nicht zu den unbedeutendsten Erfolgen derselben dürfte zu zählen sein, dass König Jacob[134]) aus ihnen doch endlich die Ueberzeugung von der Rechtmässigkeit der böhmischen Königswahl des Pfalzgrafen zu gewinnen anfing, dass dieser demgemäss in seinen Augen jetzt nicht mehr als der Rebell, der Frevler an der Heiligkeit des legitimen Königthums erschien. Freilich fand diese dem pfälzischen Interesse günstige Sinnesänderung Jakobs noch nicht in wirklichem aktivem Eingreifen in die Situation Ausdruck; noch einmal wollte derselbe es auf friedlichem Wege mit dem Kaiser versuchen, er, der längst „ein verachteter Gegner der einen, ein ohnmächtiger Beschützer der andern Partei", in jedem der letzten drei Jahre seine Gesandten erfolglos aus Deutschland hatte heimkehren sehen. Nachdem bald nach einander Robert Nethersole,[135]) Thomas Edmonds,[136]) Heinrich Wotton[137]) und zuletzt noch der zunächst an die Union geschickte Albert Morton[138]) mit überaus allgemeinen und ausweichenden Bescheiden zufrieden die Höfe von Wien und Brüssel verlassen hatten, hatte der Kaiser aufgehört, von König Jakob irgend eine andere Belästigung als die durch einen neuen Gesandten[139]) zu fürchten. Und

---

134) vgl. auch A. Müller Die span. Kanzlei a. a. O. S. 18.
135) C. A. Müller, 5 Bücher ... S. 385.

wirklich liess ein solcher auch diesmal nicht lange auf sich warten. Gestützt aus Spaniens Versprechen dringendster Verwendung für den Pfalzgrafen erbat Digby im Mai 1621 diese letztere auch in Brüssel von dem Erzherzoge Albrecht. Dieser, dem wegen des Kampfes mit den Generalstaaten vor allen daran liegen musste, England nicht zu verletzen, sagte ihm seine volle Fürsprache für die Restitution Friedrichs zu; in diesem Sinne wurde auch das Intercessionsschreiben des Erzherzogs [140]) vom 27. Mai 1621 abgefasst. Von Brüssel aus wies den englischen Gesandten seine Instruktion nach Wien, um dort endlich vom Kaiser selbst das zu erlangen, wofür man bereits die Fürsprache mehrerer Fürsten hatte: die Wiederherstellung des Pfalzgrafen. Bei der Unbekanntschaft Digbys mit der deutschen Sprache und überhaupt mit den deutschen Verhältnissen sowie bei dem Streben Friedrichs, den Gang der Unterhandlungen in Wien möglichst beschleunigt zu sehen, ist es erklärlich, wenn beide in dem Wunsche sich begegneten, dass ein mit den besonderen Verhältnissen des Wiener Hofes vertrauter pfälzischer Diplomat den englischen Gesandten begleiten möchte. Niemand konnte geeigneter für diese Aufgabe erscheinen, als der langjährige Agent Friedrichs, Andreas Pawel. Bereits unter Matthias war dieser [141]) zwei Jahre lang zuerst in Prag, dann in Wien beglaubigter Gesandter der pfälzischen Regierung; da man in Wien jedoch, besonders seit dem Beginne der böhmischen Wirren, seine offizielle Stellung nicht mehr anerkennen zu wollen schien, so dass er oft in jener Zeit die grobe und geflissentliche Vernachlässigung seiner durch die kaiserlichen Räthe seinem Hofe klagt, so wurde er Ende 1618 von Wien abberufen und der dortige Gesandtschaftsposten von der Heidelberger Regierung vorläufig eingezogen, zur Berichterstattung blieb dort [142]) der am kaiserlichen Hofe nicht accreditirte Agent Wild zurück, der indessen gleichfalls bald zurückberufen zu sein scheint. Inzwischen hatten die Siege der

kaiserlichen Heere in Böhmen und am Rheine, die Aechtung
des Pfalzgrafen und die Besetzung seiner Länder die politische Lage des ganzen Deutschlands völlig umgestaltet, obgleich die letzten, entscheidenden Schritte auch jetzt noch
der Zukunft angehörten. Da war es natürlich, dass die
pfälzische Politik den Vorgängen am Wiener Hofe jetzt verdoppelte Aufmerksamkeit zuwandte. Schon länger hatte dieselbe daher an eine Erneuerung des dortigen Gesandtschaftspostens gedacht; man war nur um die äussere Form desselben verlegen gewesen; ein Wunsch des Heidelberger Cabinets,
bei der kaiserlichen Regierung sich jetzt wieder offiziell vertreten zu sehen, hätte, offen ausgesprochen, zu einer Zeit,
wo die Kurpfalz aus der Reihe der bestehenden Staaten als
bereits ausgeschieden gelten musste, als die grösste Ironie
der Wirklichkeit gegenüber erscheinen können. Jetzt bot
Digby's Mission an den Kaiser den ungesuchten Anlass, in
seinem Gefolge zugleich einen pfälzischen Diplomaten nach
Wien zu senden, dessen Aufenthalt am dortigen Hofe man,
wenn es wünschenswerth schien, auch noch Digbys Abreise
unbestimmt verlängern konnte. Auf diese Weise glaubte
man den etwaigen Widerstand der kaiserlichen Regierung
am einfachsten überwinden und derselben so am leichtesten
eine neue diplomatische Vertretung der Kurpfalz insinuiren zu können. Während Pawel als offiziell beglaubigter
Adlatus dem englischen Gesandten zur Seite blieb, hatte
man Rusdorf, der seine Befähigung bei ähnlichen Anlässen
jetzt schon öfter bewährt hatte, dazu ausersehn, zunächst
unter dem Gesandtschaftspersonale Digbys noch zurücktretend, für die Folge aber mit einer selbstständigen Aufgabe
betraut, in jener Form Ende Juni 1621 mit nach Wien zu
gehn. Rusdorf hatte sich schon vorher zum Begleiter Digbys [143]) auf dessen Reise an den von seinen Reisen her ihm
wohlbekannten Madrider Hof angeboten, den England zu ausdauerndem Widerstande gegen die Uebertragung der pfälzischen Kur zu ermuthigen suchte. Rusdorf selbst erkannte

dem Kaiser sichernde Zugeständnisse über die Zukunft des
Pfalzgrafen zu erlangen; damals hatte die übergrosse Sparsamkeit seines Hofes sein gewiss nicht werthloses Anerbieten
von der Hand gewiesen, jetzt machte sie ihn zum Attaché
einer Gesandtschaft, deren Opportunität er selbst am meisten
bezweifelte. In den ersten Tagen des Juli kam diese in Wien
an; bereits am 5. Juli hatte Digby[144]) die erste Audienz bei
dem Kaiser. In seinen Propositionen fordert der englische
Gesandte vor allen vier Punkte: Restitution des Pfalzgrafen
in seine Länder, Suspendirung des Bannes und inzwischen
Waffenruhe, Gewährung der vorläufigen Rückkehr des Pfalzgrafen nach Heidelberg, damit dieser nicht im Auslande sich
aufzuhalten nöthig habe, endlich möglichste Beschleunigung
bei Digbys Abfertigung, da der König Jakob dessen Rückkunft sehnlichst erwarte. Fast als Hohn dem letzten Punkte
gegenüber erscheint es, dass Digby erst nach zwei vollen
Wochen, am 19. Juli,[145]) den noch dazu ablehnenden Bescheid des Kaisers empfing; derselbe wurde begründet durch
den Hinweis auf die Initiative Friedrichs in der böhmischen
Frage, sowie durch die Beschwerde über Mansfeld, der vor
allen noch unter des Pfalzgrafen Namen für dessen Sache in
den Waffen stehe. Wie sich leicht voraussehen liess, war
Digby durch diesen Bescheid nicht entfernt befriedigt; als
jedoch ein zweiter vom 31. Juli und ein dritter aus den
ersten Tagen des August[146]) wenig günstiger lauteten, beschloss er, Wien vorläufig zu verlassen und sich zu dem Herzoge von Baiern zu begeben, an welchen ihn der Kaiser mit
dem Gesuche um Waffenstillstand gewiesen hatte. Für den
uns hier nicht direkt berührenden weiteren Fortgang von
Digbys Mission möge es genügen, angedeutet zu haben, dass
derselbe nach längeren fruchtlosen Unterhandlungen mit den
kaiserlichen Räthen und dem spanischen Gesandten Oñate am
Anfange September sich nach München wandte, um hier von
Herzog Maximilian günstigere Bedingungen für den Waffen-

stillstand zu erlangen. Da dieser bereits in die Oberpfalz zum Kampfe gegen Mansfeld geeilt war und [147]) in seinem Lager den Gesandten eines so mächtigen Königs nicht mit den ihm gebührenden Ehren empfangen zu können versicherte, so ging Digby, auch hier unverrichteter Sache abziehend, von der Oberpfalz nach Heidelberg, wo der Pfalzgraf Johann [148]) seine Mittheilungen über die Erfolge bei dem Kaiser bereits sehnsüchtig erwartete; dort kam er in der ersten Woche des Oktober an, um die von aller Hoffnung noch nicht verlassenen pfälzischen Räthe und den Landesverweser auch diesmal in ihren Erwartungen schmerzlich zu enttäuschen. Ueber Brüssel, wo er [149]) bei der Infantin eine wenig ermuthigende Audienz hatte, kehrte er am Ende November zu dem seiner Rückkunft längst ungeduldig harrenden Könige Jakob zurück. Wenden wir unsern Blick wieder auf Rusdorf, der [150]) inzwischen in Wien vollauf zu thun hatte, den von Digby dort zurückgelassenen englischen Residenten, der den Verhältnissen völlig fremd war, einigermassen zu orientiren und zu dirigiren. Aus dem oben Angeführten war ersichtlich, dass Rusdorf zur Zeit noch in keiner offiziellen Beziehung zum Hofe stand, sondern von seiner Regierung nur als geheimer Agent benutzt wurde. Vorherrschend sollte er, wie aus seinen Berichten hervorgeht, dem englischen Residenten die von der Situation erforderten Massregeln an die Hand geben; daneben hatte er auch eigene Aufträge untergeordneter Art, so z. B. für die Sicherstellung des Gnadengehaltes der Kurfürstin Wittwe Luise Juliane zu wirken [151]) u. A. Trotz dieses äusserlich rein privaten Charakters ist er aber von der kaiserlichen Regierung vermuthlich doch immer als halboffizielle Persönlichkeit angesehn wor-

---

147) Ducis Bavariae epistola ad Baronem Digbyum. Ex castris. 27. Sept. 1621. Londorp a. a. O.
148) Bericht | J.: Joachim Russ | dorfs ... siehe Anm. 72.

den; wenigstens erscheint es überaus schwierig, seine stetige nahe Verbindung mit den kaiserlichen Räthen, besonders mit Stralendorf, anders zu erklären. Wenn man die Lage des Moments und die später eingetretene Gestaltung der diplomatischen Verhandlungen ins Auge fasst, so liegt die Vermuthung nahe, dass der Wiener Hof, der offiziell in jener Zeit ein Kurfürstenthum Pfalz nicht mehr anerkannte und in der Konsequenz davon auch keine diplomatische Vertretung desselben anerkennen konnte, doch einen pfälzischen Berichterstatter von anscheinend rein privatem Charakter nicht ungern sah, da sich durch ihn die Forderungen des Kaisers den der pfälzischen Sache befreundeten Mächte am leichtesten und schnellsten mittheilen liessen. Da Digby von der Oberpfalz aus selbst nach Heidelberg ging, so war für die Vorgänge bis zu dessen Abreise aus Wien keine eingehende Berichterstattung Rusdorfs nach Heidelberg nöthig. Das nächste Ereigniss seitdem, das er [182]) seinem Hofe meldet, ist das Erscheinen einer feierlichen türkischen Gesandtschaft in Wien, deren etwaiger Erfolg der pfälzischen Politik überaus nachtheilig sein musste; denn wenn es [183]) dem Kaiser gelang, den Sultan zum Frieden zu bewegen und ihn von Bethlen Gabor zu trennen, so war dieser ausser Stande, sich noch ferner nach aussen zu wenden und für den Pfalzgrafen irgend etwas zu thun. Doch war der Friede des Kaisers mit den Türken auch diesmal von nur kuzer Dauer. In der nächsten Zeit darauf berichtet er [184]) von der grossartigen Leichenfeier für den im Juli in Brüssel gestorbenen Erzherzog Albrecht, dessen feierliche Beisetzung in der Gruft der Kapuziner erst am Anfange des folgenden Jahres er ausführlich schildert; mit grossen Plänen für die Zukunft der österreichischen Niederlande beschäftigt hatte der Verstorbene geglaubt, diesen durch die Erhaltung des Waffenstillstandes jetzt die Möglichkeit einer eigenen politischen Entwicklung geben zu können, als

wenig Erfreuliches zu berichten, so dass auch seine eigene Stimmung in jener Zeit eine überaus gedrückte war. „Mir ist", schreibt er[155]) an den Kanzler von Grün, „als wäre ich in der Hölle; das ärgste ist, dass auch diejenigen, die sich unsere Freunde nennen und sich ihrer Treue gegen die Pfalz rühmen, sehr zu Spanien hinneigen[156]) und sich nicht belehren lassen wollen. Wie oft denke ich an den Spruch: Wenn Gott einen Fürsten strafen will, so giebt er ihm schlechte Rathgeber und reisst das Regiment den Verständigen aus den Händen." Es lässt sich nicht bestimmt sagen, ob Rusdorf mit jenen Andeutungen speciell Digby und dessen Residenten den Vorwurf spanischer Gesinnung machen will, oder ob er im Allgemeinen den bekannten Einfluss des spanischen Gesandten am englischen Hofe, Gondomar, auf König Jacob im Auge hat. Die Annahme des ersteren würde darin eine Stütze zu finden scheinen, dass[157]) vier Jahre später Buckingham, als er den zum Grafen Bristol erhobenen Gesandten der Bestechung durch Spanien beschuldigte, jene Anklage auch auf die Zeit des Aufenthalts Digbys am Wiener Hofe im Sommer 1621 ausdehnte, ein Vorwurf, der möglicherweise mit dazu beitrug, dass der Graf Bristol zeitweilig vom englischen Hofe verbannt wurde wegen des einst mangelnden Eifers für jenes ominöse pfälzische Interesse, mit dem in Verbindung getreten zu sein, Fürsten und Ministern, wie wir sehen, gleich verderblich wurde. Auch lässt die von Anfang an in Rusdorfs Briefen[158]) ausgesprochene Ueberzeugung von der nothwendigen Erfolglosigkeit der englischen Gesandtschaft jenen Verdacht gegen Digby nur um so gegründeter erscheinen. Zu den in der Situation selbst liegenden Schwierigkeiten kamen für Rusdorf noch äussere er-

---

155) s. den „Bericht ... | Russ | dorfs..."
156) „seyndt espagnolizirt"   157) Cuhn II. 192.
158) MSC. II. 114. De legatione Joannis Digbyi, qua nunc apud Caesarem defungitur, quod attinet, aliquid scribere, cum persuasus sim, eum nihil omnino, nisi me fallit augurium, obtenturum?

schwerende Momente: mit dem englischen Residenten, der des Deutschen nicht kundig war, musste er, selbst des Englischen nicht vollkommen mächtig, in spanischer Sprache sich verständigen. Von Anfang an befand er sich in der ärgsten pekuniären Bedrängniss; dazu hatte er in Betreff seiner Hauptaufgabe, der regelmässigen und sicheren Beförderung seiner Correspondenz, mit den grössten Schwierigkeiten zu kämpfen. Bis in den Sommer 1622[159]), also noch lange nach Digbys Rückkehr nach England, verblieb er in dieser eigenthümlichen Stellung, der er auf vielfaches Drängen erst enthoben wurde, als man ihn auf einen inzwischen ungleich wichtiger gewordenen Posten zu senden beschlossen hatte. Etwa im Juli 1622, nach gerade jährigem Aufenthalte in Wien, kehrte er an seinen Hof zurück. Dass an seiner Stelle ein anderer Berichterstatter an den kaiserlichen Hof geschickt wurde, erwähnt er[160]) bald nachher selbst, ohne indessen den Namen desselben anzugeben und zugleich wohl, ohne zu ahnen, dass nach fast einem Jahrzehnte er selbst unter weit günstigeren Verhältnissen bei derselben Regierung das Interesse seines Fürsten noch einmal vertreten sollte.

Rusdorf als kurpfälzischer Gesandter in England 1622—1627.

Seitdem Rusdorf nach Wien gegangen war, hatten die Dinge für die Pfalz in erheblicher Weise sich verschlimmert. Verlassen von den Mächten, von denen man überhaupt einen Widerstand gegen den Kaiser hoffen durfte, hatte Friedrich V. sich angewiesen gesehen auf die Hülfe dreier Abenteurer, die unter seinem Namen, wenn auch im eigensten Interesse den Krieg in Oberdeutschland weiter führten. Doch nur kurz war der Wahn des Pfalzgrafen, der von der Schlacht bei

glaubte. Nachdem durch die Schlachten bei Wimpfen und
bei Höchst Christian von Braunschweig und der Markgraf
von Baden durch Tilly bezwungen waren, wurde durch die
habsburgische Intrigue bei den Brüsseler Conferenzen [161])
Friedrich von seinem Schwiegervater bewogen, [162]) Mansfeld,
den noch unbesiegten, zähesten Vorkämpfer seiner Partei,
selbst aus seinem Dienste zu entlassen. Da durch die List
der kaiserlichen Politik Friedrich V. so entwaffnet, durch
Tillys Heer die Pfalz erobert war, da hiermit jede Hoffnung
auf Restitution Friedrichs durch jene deutschen Söldner
schwand, musste die diplomatische Thätigkeit der pfälzischen
Staatsmänner, welche noch immer die protestantischen Mächte
zu einem antihabsburgischen Bunde zu einen strebten, eine
erneute, gesteigerte Bedeutung gewinnen. Wenn auch die
bisherige Haltung Englands die Erwartungen der Pfalz nach
jeder Seite hin getäuscht hatte, wenn auch König Jakob mit
seiner nicht zu überwindenden Scheu vor dem Kriege, [163])
mit seiner stets wechselnden politischen Gesinnung zu keiner
sichern Hoffnung berechtigen konnte, so begründetete doch
gerade dieser Wankelmuth desselben, der so häufige voll-
ständige Umschwung seiner unberechenbaren Launen die
Aussicht, dass dieselben einmal ebenso für das pfälzische Interesse wirken würden, als sie demselben bisher geschadet
hatten. Dazu kam, dass der König noch bei der Parlamentseröffnung des Jahres 1621 seine vollste Sympathie für die
Restituirung seines Schwiegersohnes ausgesprochen hatte, dass
ihm also, wie es scheinen musste, die Macht, nicht der Wille
zu der Unterstützung desselben gefehlt hatte. Des Kaisers
schon damals deutlich hervortretender Plan einer Uebertragung
der ersten weltlichen Kur auf die katholische Linie des Hauses
Wittelsbach, das nicht zu verkennende Streben Spaniens,
durch Erwerbung der Unterpfalz und Veltlins eine geschlossene
Ländermacht von Italien bis zu den Niederlanden, von der

---

161) vgl. über sie: Theatr. Europ. 643 ff. — Khevenh. IX,
780 ff.

Quelle des Rheins bis zu dessen Mündung zu gewinnen, erregten immer mehr Besorgniss; da so in Wirklichkeit die universalmonarchischen Pläne des habsburgischen Hauses bald sich erfüllen zu wollen schienen, waren bereits engere Beziehungen zwischen den einzelnen jenem Geschlechte feindlichen Regierungen geknüpft, die, eingedenk der ruhmvollen Zeit der englischen Elisabeth, an Jakobs Hofe den regsten und unbehindertsten Ausdruck fanden; Venedig (Gesandter Franzesco di Bologna), Frankreich (Tillieres, später d' Effiat), Dänemark (Bilde, Zobel, Rosenkranz), Schweden (Speus, später Gabriel Oxenstiern), die Generalstaaten (v. d. Voort, Balden, Joachimi), Kurbrandenburg (Christian Bellin), Bethlen Gabor (Matthias Quade) waren, was zu jener Zeit von besonderer Bedeutung war, beständig durch Gesandte am Londoner Hofe vertreten, ununterbrochen gingen und kamen die Agenten und Residenten der deutschen Fürsten und Savoyens. So bildete sich hier eine Coalition mannigfaltiger und lebenskräftiger Elemente um den selbst unschlüssigen englischen König. Hier musste daher vor allen der mit den Waffen überwundene pfälzische Kurfürst den längst gehofften Bund gegen den Kaiser und Spanien zu Stande zu bringen suchen, er musste dem bei Jakob einflussreichsten spanischen Gesandten Oñate einen ebenbürtigen Vertreter seiner Sache gegenüberstellen, der die habsburgische Partei mit ihren eigenen Waffen, den Künsten der Diplomatie, unschädlich machen sollte. Da die Grafen Dohna die besiegte pfälzische Sache verlassen hatten, da Camerarius dem Könige Friedrich selbst unentbehrlich war und der zur Zeit in London weilende ausserordentliche pfälzische Gesandte Andreas Pawel bereits für den Gesandtschaftsposten in Paris bestimmt war, so konnte für eine diplomatische Vertretung in London Niemand geeigneter erscheinen, als der mit dem Ceremoniell des englischen Hofes, mit den eigenthümlichen Verhältnissen der

lichen Seele, der pfälzischen Politik, eingehend instruirt war, ging er noch im Jahre 1622 auf seinen Posten ab, auf dem er [164]) Anfang Dezember eintraf. Er fand dort noch seinen Vorgänger Andreas Pawel, dem er erst die Instruktion für dessen neue Stellung in Paris überbrachte; später eintretende Verhältnisse liessen die Abreise Pawels nicht sofort wünschenswerth erscheinen, dann verhinderten äussere Umstände seinen Aufbruch, so dass er erst im März 1623 London verlassen konnte. Um seine persönliche Stellung zu sichern, liess man ihm bis zu seiner Abreise den Charakter des offiziellen Vertreters, so dass erst [165]) vom 9. April 1623 Rusdorf als wirklicher Gesandter galt.

Dessen erste Aufgabe war, wie er aus den orientirenden Mittheilungen Pawels und aus Camerarius' Instruktion erkannte, der bei seiner Ankunft in London noch nicht zur Thatsache gewordenen Uebertragung der Kurwürde Friedrichs entgegenzuarbeiten. Die Schlacht bei Prag hatte diesem Böhmen geraubt, Tillys Siege im leztverflossenen Jahre hatten ihm die Pfalz entrissen, jetzt galt es dem Kaiser, den überwundenen Gegner seiner letzten Würde, der Kur, zu entkleiden, ihn für immer aus der Reihe der Reichsfürsten zu verbannen. Wir haben oben bereits zu erzählen gehabt von Digbys Missionen in Wien, München und Brüssel, von der Erfolglosigkeit seiner Gesandtschaft bei den Gegnern Friedrichs, von seiner wenig ehrenvollen Rückkehr zu seinem Monarchen. Es war das letzte gewesen, wozu Jakob nach dieser Seite hin sich aufgerafft hatte, womit er für immer genug für Friedrich gethan zu haben wähnte. Schüchterne Proteste und ungefährliche weitaussehende Kriegsdrohungen waren in der Folge alles, wozu Pawel und Rusdorf den elenden Fürsten zu drängen vermochten. Der Kaiser und seine Parteigenossen konnten jetzt die letzte Besorgniss vor einer englischen Intervention fallen lassen, sie wussten genug, was eine Unterstützung Friedrichs durch Jakob bedeute. Ungehindert konnte daher auf dem Regensburger Fürstentage am 23. Februar

sprechen und sie dem Baiern übertragen. Während Friedrich mit ausgebreiteten Händen nach der trügerisch über ihm schwebenden Königskrone greift, entsinkt der Kurhut seinem Haupte: so erscheint uns der würden- und länderlose Fürst auf den Vignetten der damaligen Flugblätter. [166]) Während König Jakob in dumpfer Resignation das Schicksal seines Schwiegersohnes nicht mehr aufhalten zu können meinte, machte sich gerade jetzt, nachdem von England fast nichts mehr zu erwarten war, ein Widerstand gegen den Kaiser von anderer Seite her geltend. Wenn dieser auch die Einwilligung der Kurfürsten zu dem Regensburger Gewaltstreiche in scheinbaren Rechtsformen erschlichen hatte, so waren besonders Sachsen und Brandenburg weit entfernt, auch den Consequenzen einer solchen Umwandelung in den Stimmen des Kurfürstenrathes zuzustimmen. Desshalb sollte vor allen die in Regensburg noch durchgesetzte Klausel betreffs der Wahrung der Rechte von Friedrichs Nachkommen entschieden festgehalten, sowie eine Belehnung Baierns mit dem gesammten Landbesitze der älteren Linie um jeden Preis verhindert werden. Der Kaiser hatte [197]) dem Drängen der Fürsten sowie der Niederlande nachgebend im Juli 1623 mit den Gesandten derselben in Köln unterhandeln zu wollen erklärt. Ausser der allgemeinen Wahrung der fürstlichen Libertät hoffte man dort auch für das gesammte Reichsgebiet einen allgemeinen Waffenstillstand zu erlangen, welcher Gelegenheit zu einer friedlichen Regelung der bestehenden Differenzen bieten könnte. Nur mit Mühe hatte Rusdorf den König Jakob vermocht, auch seinerseits die Kölner Versammlung zu beschicken und den Grafen Chichester als Bevollmächtigten dahin abzusenden; freilich mussten [168]) die im Anfang Juni kaum begonnenen Verhandlungen unter dem Einflusse des umgebenden Kriegslärms Christians von Braunschweig und Tillys und der täglich sich verändernden Physiognomie der politischen Lage bald wieder vertagt und angesetzt werden. So gering nun auch immer die Zugeständnisse waren, zu denen [169]) der Kaiser angesichts dieser, wenn auch noch schwachen reichsfürstlichen Opposition sich verstehen musste, ein so bedeutsames Zeichen der Zeit war es doch, dass die müssigen Zuschauer, wie die Fürsten es bisher gewesen waren, seit dem Regensburger Tage zu aufmerksamen, eifersüchtigen, unter Umständen bedrohlichen Beobachtern geworden waren.

Da die pfälzische Sache bei dem englischen Volke überaus populär war, so suchte Jakob, dessen Unthätigkeit für die Pfalz schon den lebhaften Unwillen des Volks hervorgerufen hatte,[170]) der allgemeinen Stimmung seines Landes dadurch gerecht zu werden, dass er als das Ziel aller seiner politischen Pläne die endliche Restitution Friedrichs hinzustellen bemüht war. Von dieser Seite suchte er seinen damaligen Lieblingsplan, die Vermählung des Prinzen von Wales mit der Schwester des neuen Königs IV. von Spanien, der Infantin Maria, dem Volke darzustellen; er habe gegründete Hoffnung, s. erklärte er dem Parlamente, mit dem Gelingen dieses Planes, dessen Zustandekommen an die Verwendung Spaniens für die Pfalz geknüpft war, zugleich seinen Schwiegersohn in seinen Würden wiederhergestellt zu sehen. War es dem Jakob wirklich Ernst mit derartigen politischen Combinationen, glaubte er wirklich die Pfalz durch die wiederherstellen zu können, die sie vernichtet hatten, oder sollte das populäre letzte Ziel dem Lande nur das sehr unpopuläre Mittel annehmbar machen? Wie dem auch immer sei, es war eine eigenthümliche Ironie, dass der pfälzische Gesandte selbst das Projekt zu hintertreiben sucht, von dessen Gelingen der König Jakob die Restitution Friedrichs abhängig glaubt. Es kann hier nicht der Ort sein, die englisch-spanische Heirathsgeschichte zu verfolgen; es möge genügen, auf die hervorstechenden Momente ihres Verlaufes hingewiesen zu haben.

als im Februar 1623 der Prinz von Wales,[171]) begleitet von den Segenswünschen seines Vaters, dem Fluche seines Volkes, jene abenteuerliche Brautfahrt nach Madrid unternahm. Die glänzende Aufnahme seines Sohnes am spanischen Hofe, der Eifer, den die dortige Regierung selbst für das Zustandekommen jener Verbindung erkennen liess, erfüllten den kurzsichtigen Jakob mit dem Gefühle des geschmeichelten Stolzes, machten ihn jetzt vollends taub gegen alle Stimmen aus dem antihabsburgischen Lager. Eine Audienz Rusdorfs am 24. April[172]) entriss diesen jeder Täuschung über den bei Jakob jetzt ausschliesslich bestimmenden Einfluss. Während nun von England aus dem prinzlichen Brautwerber allseitig der schlechteste Erfolg gewünscht wurde, war in Spanien selbst eine Wendung eingetreten, welche dem Könige ebenso unangenehm als dem englischen Volke willkommen war. Als Buckingham, der in des Prinzen Gefolge mit nach Spanien gegangen war, und Olivarez, der leitende Minister Philipps, an die wirkliche Formulirung des Heirathstraktats giengen, erwuchsen täglich neue Schwierigkeiten, einmal aus dem verschiedenen religiösen Bekenntnisse des Prinzen und der Infantin, vor allen aber aus der Weigerung Spaniens, bezüglich der pfälzischen Restitution wirklich bindende Verpflichtungen einzugehen; persönliche Verfeindung zwischen beiden Staatsmännern vollendeten den Bruch, der indess von den beiderseitigen Monarchen weder schon wahrgenommen noch gewünscht zu werden schien. Trotz Jakobs eifriger Versicherung im Parlamente,[173]) die Unterhandlungen in Spanien hätten den besten Fortgang und verbürgten die sicherste Hoffnung auf allseitige Pacification, drangen immer bestimmtere Gerüchte über das Fiasko Buckinghams am spanischen Hofe nach England, so dass die ohnehin gereizte Stimmung gegen diesen im Volke wie im Parlamente immer weitere Verbreitung fand. Es trat dazu, dass in des allmächtigen Ministers Abwesenheit die Stimmen seiner sonst von ihm niederge-

sich erhoben, dass die Grafen Carlisle und Pembroke, sowie der Erzbischof von Canterbury,[174]) auf die Sympathie des Volkes gestützt,[175]) immer stürmischer das Aufgeben des trügerischen Vermählungsprojektes forderten, welches England die Schmach der Ueberlistung, der Pfalz den vollen Untergang bringen würde. Inzwischen suchte Spanien durch wohlfeile Vorschläge in Betreff der pfälzischen Sache sein Interesse an dieser dem Könige Jakob zu beweisen; im Mai liess[176]) Olivarez durch den spanischen Gesandten in London jenem ein Project insinuiren, dem zufolge der Sohn Friedrichs V. nach erfolgtem Uebertritte zum katholischen Glauben eine kaiserliche Prinzessin heirathen, die Pfalz zurückerhalten und in der Kurwürde mit Baiern abwechseln sollte. Obgleich der kaiserliche Gesandte in Madrid, Graf Khevenhiller[177]), fast ebenso entschieden als Rusdorf im Namen Friedrichs diesem Plane entgegenarbeitete, glaubte Jakob doch, denselben, wenn auch in etwas veränderter Form, annehmen und so allen widerstrebenden Kundgebungen trotzend die bisherigen Beziehungen zu Spanien fortsetzen, wenn nicht noch inniger gestalten zu können. Um seinem offiziellen Proteste noch mehr Nachdruck zu verschaffen, indem er an die Antipathie des englischen Volkes gegen Spanien appellirte, legte Rusdorf die ganze Unhaltbarkeit der spanischen Pläne sowohl bezüglich der Pfalz als der englischen Katholiken in einer Flugschrift[178]) dar, welche zunächst anonym verbreitet wurde. Je unbekannter Anfangs der Name ihres Verfassers war, um so offenbarer war ihre Wirkung im Volke. Jakob fühlte die täglich steigende Unzufriedenheit desselben[179]) mit seiner äussern Politik. Er konnte es später, nachdem Rusdorf als Verfasser jener Flugschrift bekannt geworden war, nicht ver-

---

174) MSC. II. 225. Rusdorf an den EB. v. Canterbury $\frac{25.\ \text{Juli}}{4.\ \text{Aug.}}$ 1623.

175) Loen. II. 6.   176) Khevenh. Ann. X. 78 ff.
177) Khevenh. X. 90.

schmerzen, welche Verlegenheit dieser ihm geschaffen hatte; am 29. October erklärte [180]) der Bischof von Lincoln, der Grosssiegelbewahrer und Vicekanzler des Königreichs, jenem im Namen seines Fürsten, dieser habe es sehr missfällig vernommen, dass gerade der Gesandte seines Schwiegersohns ihm noch neue Hindernisse bereite, ihn in den Augen seines Volkes und Spaniens bloszustellen suche. Aber auch Rusdorf hatte seinerseits in diesem Jahre die sonderbarsten Erfahrungen machen müssen: von den befreundeten Mächten gefährdet, war die pfälzische Sache durch ihre Gegner gefördert; Rusdorfs Streben [181]), seinen Herrn von der Unterzeichnung jenes verhängnissvollen Waffenstillstandes vom 30. Mai abzuhalten, war vor allen durch Englands Agitation gescheitert; die ganze englisch-spanische Heirath, welche Rusdorf vergeblich zu hindern suchte, hatte an dem Kaiser selbst den wirksamsten Gegner gefunden. Ein englisches Schreiben vom Anfang September [182]), das in bestimmten Ausdrücken die Wiedereinsetzung Friedrichs forderte, da Jakob nicht wolle, dass „die Thränen seiner Tochter die Mitgift seines Sohnes bilden sollten" [183]), liess endlich die Politik Spaniens nach allen Seiten klar werden. Man erkannte aus Philipps Antwort und aus Olivarez' Bescheide an Buckingham [184]), dass Spanien entschlossen sei, nichts für die Pfalz zu thun. Bei der Abreise des Prinzen von Wales am 7. September verhüllten glänzende Feste und freundschaftliche Formen noch den innern Bruch, der längst sich vollzogen hatte; am 24. September kehrte der Prinz dem spanischen Gestade wie der spanischen Infantin für immer den Rücken. Da dem englischen Volke das Scheitern der bisher so eifrig angestrebten Heirath noch verborgen bleiben sollte, so wollte man [185]) den nach England zurückkehrenden Prinzen den wirklichen Verhältnissen zum Trotze feierlich als Verlobten der Infantin empfangen. Rusdorf, dem der Sachverhalt kein Geheimniss war, bat[186]) in seiner Verlegenheit seinen Hof um Instruktion betreff seines Verhaltens bei dem Empfange des Prinzen.

Mit der Rückkehr des letzteren war äusserlich weder die Heirath mit der Infantin aufgegeben, noch vollends der Bruch mit Spanien offen ausgesprochen. Jakob hielt fest an dem Gedanken, binnen Jahresfrist die Infantin als Schwiegertochter in seinem Lande zu begrüssen, König Philipp liess den Gesandten bereits im Voraus für die Einrichtung des spanischen Hofstaates seiner Schwester sorgen. Wenn auch Volk und Parlament mit der Heimkehr des Prinzen dessen Vermählung mit Maria als aufgegeben betrachteten, so sollte man bald inne werden, wie gerade der König Jakob, freilich auch er allein, auf einer eifrige Fortführung der Unterhandlungen bestand, er, der jetzt ohne, oder vielmehr trotz Spanien die Pfalz wiederzugewinnen, einen grossen antihabsburgischen Bund zusammenzubringen und dabei doch den Krieg mit Spanien vermeiden zu können glaubte. Es war[187]) entscheidend, dass nach der Abberufung des spanischen Gesandten Mendozza Hurtado im April 1624 alle an Jakobs Hofe vertretenen politischen Parteigruppen, die Freunde wie die Gegner der pfälzischen Sache das gleiche Interesse an dem Abbruche der spanischen Unterhandlungen hatten, dass alle zu der Erreichung dieses Zieles sich die Hand boten. Während Buckingham, der auch persönlich beleidigt aus Spanien zurückgekehrt war, dem Parlamente das ganze Truggewebe der spanischen Politik enthüllte, während der französische Gesandte Tillieres[188]) und der venetianische Francesco de Bologna[189]) ihren Regierungen einen Bund mit England gegen Spanien vorschlugen, legte der unermüdliche Rusdorf, veranlasst durch einige Unterhausmitglieder, das von Anfang an treulose Verhalten Spaniens in der pfälzischen Frage dar in der knappen, aber ganz der gereizten Stimmung jener Tage entsprechenden Schrift: „Einige politische Gründe, wesshalb England auch in Zukunft allen Verhandlungen mit Spanien

ren müsse [190])." Innerhalb zweier Tage waren [191]) über
achthundert Exemplare der Schrift in lateinischer und englischer Sprache verbreitet, von allen Parlamentsmitgliedern
und Gesandten wurde sie begierig gelesen, und zu spät versuchte Jakob die Verbreitung eines, freilich nur indirekten
Pamphletes zu hindern, das so aus der Stimmung des Volkes herausgeschrieben war. Der Prinz von Wales selbst soll
den Inhalt gelesen und gebilligt haben, der Verfasser war
nicht zu ermitteln. Als [192]) Jakob allen Demonstrationen des
Volkes trotzend im März 1624 den spanischen Gesandten
Padre Maestro in England empfing, war aus dem bisherigen
Wunsche des Englischen Volkes nach Abbruch jener Verhandlungen der laute Ruf nach einem Rachekriege gegen Spanien
geworden. Rusdorf hatte mit einigen befreundeten Parlamentsmitgliedern, unter denen besonders Heinrich Vane hervortritt, öfter seine Meinung über die spanische Frage ausgetauscht und seine Vorschläge ihnen gegenüber nach Möglichkeit zu begründen gesucht; auf den Wunsch derselben,
seine Ansicht auch weiterhin bekannt werden zu lassen, legte
er dieselbe nieder in dem, in grösster Unruhe [193]) und Eile
geschriebenen Flugblatte „Wohlmeinender Rath betreffend
den zwischen England und Spanien ob offen, ob heimlich
zu führenden Krieg u. s. w. [194])." Im entschiedenen Gegensatze zu Buckingham, der, um nur seine persönliche Rache
befriedigt zu sehen, zu übereiltem Kriege gegen Spanien
drängte, weist Rusdorf hier darauf hin, dass viel mehr erreicht
werden würde, wenn die englische Flotte zur Unterstützung
Dänemarks nach der Elbe oder Weser segelte und zuerst
Deutschland befreite. Zugleich bekämpft er die in England
vielfach massgebende Meinung, dass in Deutschland, wo alles
verloren sei, eine englische Flotte nichts mehr nützen könne,

---

190) bei Loen I. 87—92. — Loen II. 21.
191) Loen I. 89. — II. 33.   192) Loen II. 30.

dass man vor allen den Feinden in Deutschland ihre auswärtigen Hülfsquellen abschneiden, die habsburgische Macht, ehe man sie im Centrum breche, vor allen in der Peripherie angreifen, d. h. dass man zuerst Spanien bekriegen müsse. Dies war die Ansicht angesehener englischer Staatsmänner, die, in den Motiven unendlich von Buckingham verschieden, nur in dem letzten Ziele, dem Kriege gegen Spanien, mit ihm übereinstimmten. Wenngleich nun Rusdorf nichts eifriger wünschen konnte, als dass England die noch bestehenden letzten Beziehungen zu Spanien abbräche, so wollte er doch auf keinen Fall dasselbe durch einen grossartigen Seekrieg gegen Spanien ausschliesslich in Anspruch genommen sehen, da dann jede Aussicht auf eine direkte englische Intervention in Deutschland vorläufig zu nichte wurde.

Durch die verschiedensten Ereignisse wurde Rusdorf hineingezogen in das verschlungene Gewebe der englischen Politik, war er gezwungen, jedem Schritte des ewig schwankenden Königs Jakob mit gespannter Aufmerksamkeit zu folgen; aber doch verlor er nie seine Hauptaufgabe aus den Augen, er versäumte bei keiner Gelegenheit, alle der pfälzischen Sache irgendwie günstigen Momente für dieselbe auszubeuten, jede Macht nach Kräften für seinen unglücklichen König zu interessiren. Ein sprechendes Zeugniss dafür ist uns seine zunächst an die übrigen Gesandten in London gerichtete Denkschrift: „Gutachten darüber, wie England die besiegte Sache auf dem Festlande wieder herstellen, die Pfalz zurückgewinnen, seine Freunde mit Erfolg unterstützen kann [196]." In der richtigen Erwägung, dass vor allen das Parlament in der Wiederherstellung Friedrichs ein nationales Unternehmen, eine Ehrensache Englands sehen müsse, pflegte Rusdorf seine Beziehungen zu den Mitgliedern beider Häuser auf das Sorgfältigste, suchte er im Verkehre mit ihnen die Kunde von wichtigen Vorgängen in der äussern Politik Englands zu gewinnen, auf deren Mittheilung von anderer Seite

her er nicht sicher rechnen durfte. Ein anschauliches Bild
von seinem freundschaftlichen Verhältnisse zu dem Unter-
hausmitgliede Stephan Lesury geben uns seine „Gedanken
über den nächsten bevorstehenden allgemeinen Umschwung
in den europäischen Machtverhältnissen, der für den Sieg
der guten Sache endlich zu hoffen steht [196])." Während des
Sommers 1624 hatte er einige Wochen auf dem Gute des
erwähnten Lesury zugebracht. Dieser, ein greiser Staatsmann
und hochverdienter Gesandter aus der Zeit der Elisabeth,
hatte mit stillem Unmuthe die unwürdige Politik seines jetzigen Königs in den letzten Jahren verfolgt; die Pläne Rusdorfs fanden in seinen eigenen Gedanken einen begeisterten
Nachhall; auf seinen Wunsch musste Rusdorf jene zwang--
losen politischen Plaudereien aus den Augusttagen in Lesury-
hall aus dem Gedächtnisse zunächst lateinisch aufzeichnen,
jener liess sie dann durch seinen Freund, den Geistlichen
Walter, ins Englische übersetzt, nach Kräften im Lande ver-
breiten, wo sie wegen ihres ungezwungenen, fast unpolitischen
Tones, den Rusdorf ihnen bei der Aufzeichnung gelassen
hatte, allgemeinen Anklang und Beifall fanden; noch in demselben Sommer schreibt Rusdorf an Camerarius [197]), dass
die an sich unbedeutenden Blätter auch ins Italienische übersetzt seien.

Doch nicht lange war es ihm gestattet, von der er-
schöpfenden Anstrengung seines Gesandtschaftspostens in ländlicher Zurückgezogenheit im Kreise gleichgesinnter Freunde
auszuruhen: London, der Mittelpunkt für die Politik der protestantischen Mächte, war auch der Ort, wo die Intrigue der
habsburgischen, bairischen und päpstlichen Politik ihr ver-
hülltes Spiel trieb. Damals galt es für Rusdorf vor allen,
den von dem päpstlichen Nuntius in Brüssel nach England
gesandten Kapuziner Franzesco della Rota [198]) genau im

Auge zu behalten; obgleich das ganze Trugspiel bald auch von den fremden Gesandten in London durchschaut und der Kapuziner von Baiern schliesslich in aller Form desavouirt wurde, so war das Ganze doch ein neues Zeichen dafür, dass die Feinde Friedrichs dessen schwachen Beschützer in England noch immer leicht überlisten zu können meinten.

Auch nach andern Seiten bin musste Rusdorf die Bemühungen der habsburgischen Partei unschädlich zu machen suchen. Von allen der Pfalz befreundeten Fürsten war der einzige, der seine Hülfe nicht blos auf Versprechungen und Gesandtschaften beschränkte, der bereits kräftig die Waffen gegen den Kaiser geführt hatte: Bethlen Gabor, der Fürst von Siebenbürgen. Von ihm, dem unberechenbaren, auf der Grenze zwischen Barbarei und Cultur gelagerten, stets kriegsbereiten Fürsten hatte der Kaiser stets noch am meisten zu fürchten, Friedrich noch am meisten zu hoffen. Selbst bei den Friedensvorschlägen, die jener [199]) dem Kaiser machte, bezogen sich 26 von seinen Bedingungen auf die Wiederherstellung der Pfalz. Die Natur der Dinge selbst hätte so den König Jakob zu einer engeren Verbindung mit diesem Fürsten bestimmen müssen; aber gerade das war es, was Friedrichs Feinde vor allen verhüten wollten. Gondomar und der 1622 aus Wien heimgekehrte Digby hatten die schlechteste Meinung über Bethlen Gabor in England verbreitet, man hatte sich dort seitdem gewöhnt, in ihm einen launenhaften, treulosen, selbst grausamen Barbaren zu sehen, der heute ein Bündniss schloss, um morgen über den Bundesgenossen selbst herzufallen. Nur mit Mühe gelang es Rusdorf [200]), auf die hohe Bedeutung jenes fernen Parteigenossen die Engländer aufmerksam zu machen, wobei er [201]) nur durch den einsichtigen Gesandten in Constantinopel, Thomas Roe, un-

---

Khevenhiller X. 420 ff. — Handschriftl. Nachrichten bei Söltl I 302 f. — Gardiner hist. of Engl. I. 10.

terstützt wurde. Beide Männer erreichten es, dass [202]) der schwedische Gesandte Paul Strassburger im Namen Englands mit dem Fürsten von Siebenbürgen unterhandelte und dass Jakob den James Ayres, den früheren Botschafter bei der Pforte, als eigenen Gesandten an den Hof Bethlen Gabors zu schicken sich entschloss; der Prinz von Wales und Buckingham gestatteten [203]) Rusdorf sogar, dem Fürsten bei seinem Kampfe gegen den Kaiser englische Hülfe in Aussicht zu stellen.

Während bisher in London nur von den kleinlichen Intriguen die Rede gewesen war, durch welche die katholischen Mächte den König Jakob unschädlich zu machen suchten, nahmen nach dem offenen Bruche mit Spanien zwei Ereignisse von grösserer Bedeutung das allgemeine Interesse in Anspruch: die französische Heirath und die Unterstützung Mansfelds. Die erstere Angelegenheit, in die wir Rusdorf [204]) weder fördernd noch hindernd eingreifen sehen, berührte ihn nur insofern, als im Verlaufe und in Folge derselben [205]) der bisherige französische Gesandte in London, Graf Tillieres, der, Rusdorf persönlich befreundet, stets gegen die Heirath gewesen war, von seiner Regierung abberufen wurde und an seine Stelle der fügsamere Marquis d'Effiat trat.

Einen thätigeren Antheil nahm Rusdorf an der Sache Mansfelds, der jetzt seinem Ziele, einem bewaffneten Auftreten in Deutschland, nahe schien. Von Frankreich [206]) mit halben Versprechungen und vor allen mit der Weissung entlassen, auch England für eine Unterstützung seines Unternehmens zu gewinnen, war er bereits im Frühlinge des Jahres 1624 in London gewesen, wo er am 26. April in Aptorp die erste Audienz bei Jakob gehabt hatte. Der kühne Abenteurer hatte durch sein persönliches Erscheinen in London die Sympathien des englischen Volkes im Sturme gewonnen

---

202) MSC. II. 539. Rusdorf an Strassburger 15. Nov. 1624. —

und auch den langsamen König selbst zu wirklich bindenden Versprechungen fortgerissen [207]). Wie glänzend dieser ihn aber auch empfing, er wäre doch, schreibt Rusdorf, froh gewesen, den ungestümen Gast wieder jenseits des Meeres zu sehen. Mit der Zusage baldiger englischer Subsidien [208]) kehrte Mansfeld nach Frankreich zurück und hinterliess Rusdorf die unangenehme Aufgabe, den König an die Erfüllung seines Versprechens gegen Mansfeld, das ihn fast wieder gereute, täglich zu erinnern. Nach Mansfelds Abfahrt waren auch die ihm nicht geneigten Stimmen immer lauter geworden: einige hielten [209]) den kühnen Feldherrn für gut genug, durch den Ruf seines gewaltigen Namens ein Heer zusammenzubringen, um an dessen Spitze schliesslich den Prinzen von Wales zu stellen; auch Camerarius wollte nicht viel von Mansfeld wissen, der nach seiner Meinung nur den eigenen Vortheil suchte und kein Herz für die Pfalz hätte; die Niederlande wollten Mansfeld nicht landen lassen, um dadurch nicht den Tilly nach der Nordsee zu ziehen, Jakob selbst endlich knüpfte an seine geringen Leistungen die Bedingung, dass Mansfeld dem Könige von Spanien nicht zu nahe treten dürfe. Alle diese Hemnisse sollte Rusdorf beseitigt haben, wenn Mansfeld käme, um die geworbenen Truppen selbst zu holen; als dieser im November wirklich in England erschien, hatte Rusdorfs eifriges Bemühen auch die Wirkung gehabt, dass Jakob [210]) ohne weitere Bedingung die geringe Mannschaft an Mansfeld „für den Krieg in Deutschland" übergab. Doch sollte auch die auf diese Schaar gesetzte Hoffnung bald als nichtig sich erweisen.

Wie viele Schwierigkeiten Rusdorf auf seinem gegenwärtigen Posten auch zu überwinden hatte: er befand sich auf demselben doch ausserhalb persönlicher Gefahr, geschützt vor dem Hasse und der Verfolgung seiner Feinde. Während er in London eifrig Mansfelds Unterstützung betrieb, waren [211]) verschiedene Stücke seines Briefwechsels mit Camerarius aus den Jahren 1618 und 1622 in die Hände der Gegner gerathen, in den Fortsetzungen der Anhaltischen Kanzlei abgedruckt und hatten ihm in Deutschland soviel Feindschaft erregt, dass sie ihm dort, wie er von seinem sichern Posten in London aus schreibt, leicht den Tod zugezogen hätten.

Das Jahr 1625 begann unter den günstigsten Aussichten für die Pfalz. Ebenso wie kurz vorher Mansfeld, so erschien jetzt Christian von Braunschweig in London; hatten jenem seine jüngsten Kriegsthaten in Niederdeutschland die Bewunderung des englischen Volkes gesichert, um wieviel mehr musste Christian, der abenteuerlich-ritterliche Vorkämpfer der englischen Elisabeth, 'in der Heimath derselben die begeistertste Aufnahme finden? Freilich war ein glänzender Empfang das einzige, dessen der deutsche Feldherr sich rühmen durfte, er kehrte, wie Mansfeld, im Februar nach Calais mit Versprechungen zurück, die von vorn herein von Seiten Jakobs unerfüllbar waren. Klagte doch dieser schon laut genug über die Verlegenheit, in die Mansfelds Drängen wegen der Subsidien ihn fortwährend brächte. Inzwischen richtete man [212]) mit den grössten Kosten den bisher verödet gewesenen Palast der Königin Anna für die nächstens eintreffende französische Prinzessin, die künftige Königin des Landes, ein. Der von dem Parlamente jüngst für den spanischen Krieg bewilligte Sold genügte kaum, um die Kosten für die grossartigen Restaurationsbauten zu bestreiten. Wo soll da, schreibt Rusdorf verzweifelt an Camerarius, noch Geld für Mansfeld herkommen?

Noch waren aber die letzten Bedenken der beiden betheiligten Regierungen in Betreff der Heirath nicht gehoben, noch war man in England unschlüssig, wie weit man den beiden deutschen Söldnerführern die gegebenen Versprechungen halten sollte, als am $\frac{26.\ \text{März}}{5.\ \text{April}}$ König Jakob die Augen

liger wichtiger Fragen seinem Nachfolger hinterlassend. Von diesem hofften alle Parteien eine Besserung der unglücklichen Verhältnisse, vor allen hatte die Pfalz auf ihn die letzte Hoffnung gesetzt, zumal wenigstens die letzten Anstrengungen des sterbenden Königs ihrer Sache gegolten hatten. Auch Rusdorf rieth [213]) kurz vor dem Ableben Jakobs, die Königin Elisabeth möge auf die Kunde vom Tode ihres Vaters sofort nach England kommen, ihr Erscheinen werde dann den grössten Eindruck hervorrufen. Nach seinem Urtheile [214]) hätte Friedrich von dem Bruder seiner Gattin jetzt mehr zu erwarten, als bisher von deren Vater, „nur müssten die Vertreter der pfälzischen Sache dem Könige Karl gegenüber jetzt anders auftreten und sich nicht, wie bisher von Jakob, beständig zurückdrängen lassen." Er bittet desshalb um ein neues Creditiv, überhaupt um eine sicherere, angesehenere Stellung, um auch für seinen Fürsten mit mehr Nachdruck und Würde als bisher eintreten zu können. Zu der Leichenfeier Jakobs räth er noch einen ausserordentlichen Gesandten zu schicken, doch ohne ihn selbst dabei zu kompromittiren, und schlägt als geeignet Vollrad von Plessen vor; von einer Erfüllung seiner Bitte erfahren wir nichts. Schon wenige Wochen nach Karls Thronbesteigung berichtet er [215]) in bei weitem herabgestimmteren Tone über die englischen Verhältnisse: während man von Jakobs Tode ein Ende der Günstlingsherrschaft erwartet habe, stehe Buckingham zur Zeit fester als je; in Folge dessen zögen sich der Graf Pembroke [216]), der Erzbischof von Canterbury [217]) und andere der pfälzischen Sache stets günstig gewesene Staatsmänner ganz von den Geschäften zurück; Buckingham werde in seiner Politik rein durch persönliche Rücksichten bestimmt, desshalb sei von ihm für die Pfalz nichts zu hoffen, da diese ihm nichts zu bieten habe. Doch schien es im Gegensatze dazu, als habe der unglückliche Böhmenkönig gerade von jenem ge-

---

213) Loen II. 63.   214) Loen II, 64.

gen ihn sonst so gleichgültigen und herzlosen Diplomaten jetzt das meiste zu erwarten. Vergeblich hatte dieser im Sommer 1623 an Spanien, mit gleichem Misserfolge im Jahre darauf an Frankreich eine Stütze gegen die Unbeliebtheit bei dem englischen Volke zu finden gehofft: beide Male hatten seine selbstsüchtigen Pläne dem Lande schwere Verwicklungen zugezogen. Jetzt dachte er auf ganz anderem Wege sein Ziel zu erreichen; von ihm, der vor wenigen Jahren in massloser Verblendung sein Auge zu der jungen Königin Anna von Frankreich erhoben hatte, konnten auch die abenteuerlichsten Pläne nicht befremden: so arbeitete er [218] jetzt an der Vermählung seiner Tochter mit dem ältesten Sohne Friedrichs; da die derzeitige Königin von England keine Nachkommenschaft versprach, so eröffneten sich durch das Zustandekommen jener Verbindung dem Ehrgeize Buckinghams die weitesten Aussichten. Um den König Friedrich und dessen Gemahlin für diesen Plan zu gewinnen, verliess er im Oktober, wo gerade nach der Auflösung des Parlaments das Volk durch alle Schichten hin auf das heftigste bewegt war, London und ging selbst nach Rhenen, der einsamen Residenz des vertriebenen Königspaares. Es war eine schwierige Lage, in welche Friedrich durch das sonderbare Anerbieten gebracht wurde; Rusdorf erkennt das Bedenkliche eines direkten Bescheides an, er empfiehlt ein möglichst zurückhaltendes Auftreten gegen den daheim allmächtigen Günstling, er räth, demselben weder eine wirkliche Zusage, noch auch eine bestimmt abschlägliche Antwort zu geben: einmal sei Friedrich selbst gegenwärtig in England wenig mehr beliebt, aber auch seine Nachkommen, die Kinder der englischen Königstochter, würden dort durch eine verwandtschaftliche Verbindung mit dem allgemein gehassten Buckingham auch die letzten Sympathien verlieren; doch würde ein direktes Ablehnen ebenso nachtheilig sein, da jener im Falle der Weigerung Friedrichs der pfälzischen Sache nach Kräften schaden, den unglück-

ein überaus glänzender Empfang in Rhenen vermochte den ehrgeizigen Günstling in seinen dynastischen Bestrebungen wirklich eine Zeit lang über die Meinung der pfälzischen Königsfamilie zu täuschen. Inzwischen sah man in London die so lange schon begonnenen Verhandlungen betreffs eines grossen protestantischen Bündnisses nur langsam fortschreiten: auf den 10. April war [219]) im Haag eine Conferenz der verschiedenen Gesandten angesetzt, England schickte den uns bereits bekannten Robert Anstruther, bei dessen Instruction der englische Staatssekretär Conway den Rusdorf zu Rathe zog; dieser gab dem Gesandten eine ausführliche Orientirung in der eigens hierzu verfassten „Politischen Erwägung über die Mittel zur Wiederaufrichtung der in Europa besiegten Sache [220])." Schon im Voraus erkannte [221]) Rusdorf die Schwierigkeiten, welche das Zustandekommen eines allgemeinen Bundes in Frage stellten, er fürchtete [222]), dass Dänemark aus Eifersucht gegen Schweden die niederländisch-englischen Vorschläge zurückweisen, dass es sich zurückgesetzt fühlen würde als Glied eines Bundes, an dessen Spitze Schweden stände. Erkannte Rusdorf so die Unmöglichkeit, die beiden nordischen Mächte in einem Bündnisse zu vereinigen, so wollte er wenigstens die nach seiner Meinung bedeutendere, Schweden, der weniger zuverlässigen, Dänemark, vorgezogen wissen. Vergeblich suchte er [223]) dem Könige Karl die Unzulänglichkeit der billigeren dänischen Vorschläge darzuthun: die Vortheile einer Allianz mit Dänemark, das nur Subsidien forderte, schienen jenem zu gross gegenüber dem bewaffnete Unterstützung verlangenden Schweden; noch im November suchte Rusdorf dem Könige die Unentbehrlichkeit Schwedens für den Bund in einer eingehenden

---

219) Cuhn II. 22.
220) Loen I, 135—180. „Consultatio politica de mediis restituendi res in Europa collapsas." — Loen II, 82. — Cuhn II. 162.
221) Cuhn II. 27 ff.

Denkschrift [224]) darzulegen: umsonst, am 9. Dezember wurde im Haager Concerte die Führung des Krieges an Dänemark übertragen, worauf Schweden von dem Bunde sich zurückzog. So hatten die vielversprechenden Verhandlungen einen so wenig befriedigenden, ja fast ungenügenden Abschluss gefunden. Wie wenig auch immer der jetzige Bund und der ins Auge gefasste Kriegsplan nach Rusdorfs Sinne waren, so suchte er doch [225]) auch dessen Interessen nach Möglichkeit zu fördern. Was er gefürchtet hatte, trat nur zu früh ein: bald vernahm man [226]) Dänemarks Klagen über Englands säumige Subsidienzahlungen, und statt alle Kraft und alle Mittel jetzt dem von Dänemark geführten Kriege zuzuwenden, dachte man inzwischen in England an die Ausrüstung einer Kriegsflotte gegen Spanien. Noch war von diesem die Beleidigung gegen Buckingham nicht gesühnt; jetzt sollte ein grossartiger Rachezug dem gekränkten Günstlinge Genugthuung verschaffen. Alle ausser diesem erkannten das Sinnlose eines zweiten Krieges, Dänemark vor allen sah die von England versprochenen Hülfsgelder damit gänzlich verloren, Rusdorf stellte [227]) in einer dringenden Audienz dem Könige die Gefahr des Unternehmens, die Pflicht der Unterstützung Dänemarks vor, empfahl, die nach Cadix bestimmte Flotte lieber nach der Wesermündung zu senden: der Einfluss Buckinghams siegte, am 1. Oktober stach Wimpleton mit einer grossen Flotte in See, noch in demselben Jahre kehrte er [228]) mit dem Reste seiner von Stürmen schwer mitgenommenen Schiffe von Cadix zurück, dessen Belagerung er vergeblich versucht hatte.

---

224) Cuhn II. 125 ff. „Libellus memorialis de conditionibus, quibus cum Sueco agendum sit, ad Regem M. Britanniae directus." Hamptencourt 13. Nov. 1625.
225) vgl. auch Gardiner, Hist. I. 307.
226) Loen II. 80. Cuhn II. 153. 333. u. A.
227) Loen I. 181—190. „Consultum........ esse, ut Rex

Während so nach aussen hin eine Unternehmung nach der andern die volle politische Unfähigkeit der gegenwärtigen englischen Regierung bekundete, suchte dieselbe [229] ihre Niederlagen draussen dem Auge des Volkes durch glänzende Staatsacte im Innern zu verhüllen. Die grossartige Krönungsfeier Karls im Beginne des Jahres 1626 schien das flüchtige Band der Eintracht zwischen König und Volk noch einmal knüpfen zu wollen; in derselben Stimmung und unter denselben festlichen Eindrücken gab man sich am 6. Februar bei der Parlamentseröffnung von Neuem den grössten Hoffnungen auf endlichen innern Frieden hin. Doch bald schwand der Wahn, der nur kurze Zeit die schroffe Parteistellung zu mildern vermochte: der König erkannte, dass er ein Unterhaus vor sich habe, trotziger als jemals, das Parlament, dass es nur der peinlichsten Finanznoth der Regierung seine Zusammenberufung verdanke, dass es nach geschehener Bewilligung dem Könige sehr bald wieder entbehrlich sein werde. Gerade diese äussere Bedrängniss des Königs machte sich [230] dem pfälzischen Hofe am meisten fühlbar; nicht nur, dass Friedrich jetzt kaum noch sein geringes Jahrgeld erhalten konnte: was wichtiger war, jede Forderung Rusdorfs, dass England seinen im Haag übernommenen Verpflichtungen nachkommen möge, wurde mit dem Hinweise auf die traurige Ebbe im Staatsschatze beantwortet. Rusdorfs Aufgabe war somit durch die Lage selbst bestimmt: einmal musste er die gegenwärtige Bedrängniss in ihrer innersten Ursache, der Spannung zwischen König und Parlament, zu beseitigen suchen. Die Seele des Widerstandes der Regierung gegen die Forderungen des Volkes war Buckingham, gegen welchen daher der einmüthige Hass des Volkes sich wendete. Im Gegensatze zu ihm suchte Rusdorf den König Karl von der theilweisen Berechtigung jener Parlamentsforderungen zu überzeugen, er erinnerte daran, dass, wie Spanien aus Rücksicht auf den König Karl den England missliebigen Olivarez ent-

wiedergewonnen werden könnte. Mit Rusdorf vereinigte sich der dänische Gesandte Pallas Rosenkranz, welcher im Namen seines Königs die Erfüllung der im Haager Concerte festgesetzten Bedingungen verlangte. Der Einfluss Buckinghams war zu fest begründet, die Sitzungen des Parlaments, welches die Anklage gegen ihn nicht zurückziehen wollte, das aber doch allein Geld bewilligen konnte, wurden am 15. Juni geschlossen; die Auflösung des Parlaments erweiterte die Kluft zwischen ihm und dem Könige. Da dieselbe immer mehr eine ewige Dauer zu gewinnen schien, so war Rusdorf bemüht, dem Könige das Geld, dass dieser von seinem Volke nicht erlangen konnte, von aussen her zu verschaffen: auf Spens' und Camerarius' Rath schlug er [231] der englischen Regierung eine Anleihe bei Russland vor, welches so viel Werth auf Englands Freundschaft lege; man nahm den Gedanken auf, doch erschien [232] den englischen Finanzmännern der von Russland geforderte Zinsfuss zu hoch; ein Versuch, von Venedig grössere Summen leihweise zu erhalten, scheiterte [233] aus demselben Grunde, obgleich bei der allgemein beklagten, in lästigster Weise den Verkehr störenden Münzverschlechterung in England [234] eine Einfuhr fremder Zahlungsmittel überaus erwünscht gewesen wäre. So lähmte die innere Ohnmacht und Zwietracht Englands jedes kraftvolle Auftreten nach aussen, wo gleichfalls ernste Verwicklungen sich vorbereiteten. Schon bei Beginn des Jahres hatten einige unerfüllt gebliebene Bestimmungen in dem französischen Heirathstractate zu unangenehmen Differenzen mit Frankreich geführt, welche von dem gewandten Bassompierre [235] bei seiner Anwesenheit in London zwar nicht beseitigt, aber doch vorläufig zurückgedrängt wurden. Rusdorf, der alles aufbot, einen neuen Krieg Englands zu verhüten, drückt in einem an Richelieu gerichteten Schreiben vom 1. August [236] diesem sein tiefstes Bedauern über das Zerwürfniss der beiden Re-

friedlichen Lösung, wie wir auch ihn selbst [237]) dem französischen Gesandten in London sein Geschäft nach Möglichkeit erleichtern sehen.

. Wie hätte man nach allem, was wir zu erzählen gehabt haben, irgend welchen Vortheil von Englands Theilnahme am Haager Bündnisse hoffen dürfen? Rusdorf hatte [238]) sein Möglichstes gethan, um Schwedens Beitritt zu bewirken; er wünschte diesen auch noch im Jahre 1626 um so mehr, als man dann, wie er an Camerarius schreibt, auch auf den Kurfürsten von Brandenburg und Bethlen Gabor [239]) rechnen durfte; beide Fürsten hatten den Bund nie aus den Augen verloren, Christian Bellin erstattete nach Berlin, Matthias Quade nach Siebenbürgen die genauesten Berichte über die Aussichten der Coalition. Wenn Rusdorf daher in einer Denkschrift [240]) vom 1. Februar, welche er, wie schon früher [241]) seine „Consultatio politica", dem Urtheile Oxenstierns unterbreitet, die Ablehnungsgründe Schwedens als triftig vorläufig anerkennt, so spricht er doch zugleich die Hoffnung aus, dass Schweden nicht für immer von der gemeinsamen Sache des Protestantismus sich fern halten werde. Freilich musste Rusdorf bald erkennen, wie unvereinbar die grossartige Politik Gustav Adolphs mit der kleinlichen Auffassung des englischen Krämergeistes war. Als jener in seinem Kriege gegen Polen Elbing nach längerer Belagerung genommen hatte, richtete [242]) England an ihn dringende Beschwerden über die Nachtheile, welche einigen englischen Kaufleuten aus jener Belagerung, wie überhaupt aus Gustavs Kriege mit Polen erwachsen wären, und es fehlte nicht viel, dass zu jenen Beschwerden noch weitere Massregeln Englands sich gefügt hätten. Während der Londoner Hof im lebhaftesten Noten-

---

237) Cuhn II. 289.   238) Cuhn II. 162.
239) Rusdorfs Briefe an B. Gabor MSC. II. 65 ff.
240) Loen I. 191—206. „Examinatio politica, quid de expeditione Regis Daniae et de foedere inter eum et regem M. Britan-

wechsel mit Schweden über die bei Elbing geschädigten Kaufleute sich befand, wurde er durch die Nachricht von König Christians vollständiger Niederlage bei Lutter, welche in traurigster Wirklichkeit der englischen Politik den Verrath an dem Bundesgenossen vor Augen stellte, nach langer Ruhe endlich zu dem Versuche neuen Handelns getrieben. Bethlen Gabor war durch seine Vermählung mit der Schwester des Kurfürsten von Brandenburg in verwandtschaftliche Beziehung zu dem übrigen Europa getreten und damit in der Reihe der Fürsten auch dynastisch gewissermassen legitimirt. Unter Rusdorfs Vermittlung erfolgte [243]) gegen Ende des Jahres 1626 der förmliche Beitritt Siebenbürgens zum Haager Bündnisse, Bethlen Gabor verpflichtete sich [244]) zu Subsidien und zur Weiterführung des Mansfeldischen Kriegsplanes, forderte jedoch, dass die verbündeten Staaten eine Gesandtschaft an die Pforte schickten, damit diese nicht während seiner Feldzüge in Schlesien mit dem Kaiser und Spanien Frieden schlösse. Dem Drängen Rusdorfs gelang es, von England wenigstens das so wohlfeile Opfer jener Gesandtschaft durchzusetzen. Wirkliche, selbst zu leistende Hülfe verweigerte man indess [245]) nach wie vor: bereits am Ende des Jahres 1625 hatte der nach der Wimpfener Niederlage neue Truppen werbende Markgraf Georg Friedrich von Baden in London einen Kriegsplan vorgelegt, nach welchem er mit nur geringer Unterstützung Englands und Frankreichs vom Elsass aus die Pfalz wiedererobern wollte; England hatte seine vollständigste Billigung des Unternehmens ausgedrückt, zugleich aber sein Bedauern, vorläufig aus Geldmangel das badische Hülfsgesuch ablehnen zu müssen. Jetzt, im Oktober 1626, erschien [246]) der in badische Dienste übergetretene sächsische Edelmann Karl von Ponikau in London, um von Neuem den Feldzugsplan des Markgrafen in Erinnerung zu bringen. Durch allgemeine, weitaussehende Versprechungen entledigte

der durch dieselben getäuscht im November mit den besten
Hoffnungen London verliess; auch sein Interesse wahrzunehmen, war Rusdorf nach Kräften bemüht gewesen, doch ohne
die Erfolglosigkeit des badischen Gesuchs sich irgendwie zu
verhehlen.

Ueberhaupt wurde die Stellung Rusdorfs immer trostloser, indem er das Vergebliche seines Strebens, England für
die Pfalz in Thätigkeit zu setzen, immer deutlicher erkannte.
„Wenn Buckingham," so schreibt er [248]) an Camerarius, „die
Abneigung der Königin Elisabeth gegen eine Vermählung ihres
Sohnes mit einer Tochter Buckinghams wahrgenommen haben
wird, dann wird sein Eifer für das Bündniss vollends zu
Ende sein." Als Rusdorf gegenüber den immer bestimmter
auftretenden Gerüchten von einer Abtretung der Rheinpfalz
an Spanien den König Karl um Wahrung der pfälzischen
Rechte bat, sagte ihm dieser [249]) gereizt: die Pfalz höre nicht
auf, von England, das selbst in der grössten Bedrängniss
wäre, masslose Opfer zu fordern, während doch Dänemark,
Schweden und Bethlen Gabor vielmehr Interesse an Friedrichs
Sache haben müssten.

Zu dieser ungünstigen politischen Lage traten für Rusdorf noch unangenehme Erlebnisse persönlicher Art. Mehrere
Briefe des Camerarius, in welchen dieser Bezug nimmt auf
vertrauliche Mittheilungen Rusdorfs über den allgemeinen
Stand der Dinge in England und vielfache auf die Oeffentlichkeit nicht berechnete individuelle Urtheile desselben über
Massregeln und Personen, waren [250]) von den Polen aufgefangen und gemeinsam mit andern erbeuteten Schriftstücken
der Gegner veröffentlicht in dem Flugblatte „Ludovici Camerarii | J. C. | aliorumque | epistolae nuper | post pugnam
mari | timam in Suedica navi capta | captae | a victore Polono | anno 1626 vergente. | MDCXXVII". 4° — 48 pag., —
bald auch unter einem andern Titel, der Sitte jener Zeit gemäss als „Cancellaria Suecica etc. MDCXXVII." — [4° —.

derartige, aus aufgefangenen Schriftstücken geschöpfte Enthüllungen gewöhnt, als dass diese „Schwedische Kanzlei" eine Verbreitung wie vormals die Anhaltische und Spanische hätte hoffen dürfen. Rusdorf selbst schreibt, dass das Flugblatt zu seiner Beruhigung wenig Eindruck gemacht zu haben scheine. Um so weniger konnte die eben gemachte Erfahrung ihm die Neigung zu politischer Schriftstellerei verleiden. In Mailand war [251]) im Laufe des Jahres eine in spanisch-habsburgischem Sinne verfasste Schrift über den böhmischen Aufstand „della sollevazione Boemico" unter dem Namen eines Ludovico Aurelio Perugino erschienen; viele Thatsachen waren hier zum Nachtheile der pfälzischen Partei in tendenziöser Weise entstellt. Da die Darstellung vor allen darauf berechnet war, auf die italienischen Republiken Eindruck zu machen, so begann Rusdorf ungesäumt eine Gegenschrift, in welcher er möglichst viel urkundliches Material mitzutheilen sucht und welche ein ihm befreundeter Italiener, Franzesco Biondi, der den savoyischen Dienst verlassen hatte, in italienischer Sprache herausgab [252]).

Wir erstaunen noch mehr über die Arbeitskraft Rusdorfs, wenn wir sehen, wie derselbe auch noch für befreundete Mächte zeitweise die Correspondenz am englischen Hofe führte. Die Jahrgelder, die er hierfür empfing, mussten ihm sein nur zu oft ausbleibendes festes Gehalt ersetzen; in rührender Weise bittet er im August 1626 [253]) seinen Fürsten, derselbe möge ihm, da er zur Zeit von allen Mitteln entblösst sei, die Annahme des von Oxenstiern ihm angebotenen Jahrgeldes gestatten; so berichtet er auch [254]) von einem von Kurbrandenburg ihm gewährten Jahrgelde und spricht [255]) im April 1626 dem Richelieu seinen Dank aus für die von Frankreich empfangenen laufenden Unterstützungen; freilich veranlassten ihn [256]) schon im August mehrfache Veränderungen der politischen Lage, die Unvereinbarkeit der Interessen

---

251) Loen II. 83.

Richelieus mit denen seines Hofes, auf das französische Jahrgeld zu verzichten; doch blieb er, soviel wir wissen²⁵⁷), beständig in dem Genusse eines von Gustav Adolph ihm angewiesenen Gehaltes, für welches er diesem öfter brieflich dankt.

Man kann es als ein eigenthümliches Schicksal Rusdorfs bezeichnen, dass er beständig berufen schien, zu den grossen Staatsmännern, mit denen seine politische Thätigkeit sich berührte, in wenig geräuschvolle, aber um so kräftigere Opposition zu treten. Aus dem Verlaufe seines früheren Wirkens ist uns schon sein prinzipieller Widerstand gegen die Politik Anhalts bekannt, flüchtige Andeutungen über seine Stellung in London liessen uns ein ähnliches Verhältniss zu dem leitenden Staatsmanne des dortigen Hofes ahnen. Es liegt uns ferne, auf Grund der hier doch auch einseitig befangenen Rusdorfschen Relationen das letzte Urtheil zu sprechen über die merkwürdige Persönlichkeit Buckinghams, dessen Auftreten gerade in dem zuletzt erwähnten Zeitabschnitte seinen Gegnern Anlass gegeben hat, „seinen Charakter wie seine Fähigkeiten mit gleicher Heftigkeit anzugreifen und sein Bild fast zur Karrikatur zu verzerren²⁵⁸)." Aber doch lehrt uns eine nur oberflächliche Vergleichung Buckinghams und Rusdorfs, ein Blick auf ihre so verschiedene Auffassung der englischen Verfassungsfrage, dass beide, auf demselben Felde thätig, nothwendig in den schärfsten Gegensatz zu einander gerathen mussten. In einem Brief an Oxenstiern²⁵⁹) spricht sich Rusdorf selbst ohne jede Gereiztheit über sein Verhältniss zu seinem grossen Gegner aus. Einmal war es die innere Politik Buckinghams, welche Rusdorf nach jeder Seite missbilligen musste. Während das Ziel des ersteren im günstigsten Falle die Herstellung eines mächtigen, absoluten Königthums war, erinnerte Rusdorf einmal über das andere die englischen Könige an die Berechtigung der längst zugestandenen Volksrechte; während er in den Sympathien der

Nation den Grundstein sah, auf welchem das Werk der Regierenden sich aufbaut, war die Volksgunst für Buckingham nur das Gerüst, das er hinter sich abbrach, als er zum Ziele gelangt war. Der unglückliche Zwiespalt in England zwischen Fürst und Volk, der erfolglose Widerstand der Nation gegen den sich über sie erhebenden Günstling war zunächst eine innere Angelegenheit des Staates; von der höchsten Bedeutung nach aussen hin musste sie dadurch werden, dass die durch sie geschaffenen Verhältnisse mit ihrem unheilvollen Einflusse auch die äussere Politik völlig beherrschten. Abgesehen von der eigenen Parteistellung Buckinghams zu der pfälzischen Frage musste Rusdorf schon desshalb der natürliche Gegner desselben sein, als unter dem Ministerium Buckinghams die Aussöhnung zwischen König und Parlament, die Geldbewilligung des letzteren und damit die thatsächliche Unterstützung der Pfalz durch England schlechthin unmöglich war; es ging, erzählt Rusdorf[260]), im Volke ein Orakelspruch, dass Buckingham fallen werde, wenn der König mit seinem Volke und mit Frankreich Frieden habe. Es war also bei dem Widerstande Rusdorfs gegen Buckingham während aller jener Jahre durchgehends ein und dasselbe politische Prinzip des ersteren, das je nach der Form der einzelnen Tagesfragen, der Brüsseler Conferenzen, der spanischen Heirath, des Haager Conzerts u. s. w. einen nur individuell verschiedenen Ausdruck gewann.

Zu der anfänglich nur in dem politischen System bestehenden Verschiedenheit kam[261]) bald ein scharfer persönlicher Gegensatz. Buckingham sah in Rusdorf den Urheber jener gehässigen Gerüchte, welche die auswärtigen Regierungen in ihrer Geringschätzung England gegenüber bestärkten; er fühlte den Vertreter einer Macht, deren Interesse mit dem seinen so wenig sich vereinte, in seiner unmittelbaren Nähe sich immer lästiger werden. Bald gelangten offene Beschwerden Buckinghams über Rusdorf an Friedrichs Hof, schärfer

Klagen gesellten sich zu den früheren; „allem, was Rusdorf von den englischen Ministern erfahre, gebe er eine falsche Auslegung, theile diese sofort den Vertretern der fremden Mächte mit; dazu stände er in heimlichem Einverständnisse mit ungetreuen Unterthanen und bestärke diese in ihrem verwerflichen Widerstande."

Es war kein grosser Triumph, den Buckingham feierte, als er bei dem Beginne des Jahres 1627 die Abberufung Rusdorfs aus London erreicht hatte; der unglückliche Friedrich, welcher im Weigerungsfalle von dem beleidigten Staatsmanne die Entziehung des englischen Jahrgeldes fürchten musste, willigte gezwungen ein, seinen unermüdlichsten Diener von seinem undankbaren Posten heimzurufen. Der Abschied desselben von London entsprach vollkommen der augenblicklichen Physiognomie des dortigen Hofes, die Gegner des verhassten Ministers sowie die fremden Gesandten sahen ihn mit tiefstem Bedauern scheiden, selbst der König entliess ihn mit der Versicherung gnädigsten Dankes für die geleisteten Dienste, Buckingham ersuchte ihn, den König Friedrich seiner Dienstbeflissenheit zu versichern, sonst habe er dem Gesandten nichts mitzutheilen. Vergeblich hatten der Erzbischof von Canterbury, der Graf Pemkroke, der Unterstaatssekretär Conway sich bemüht, dem scheidenden Freunde ein äusseres Zeichen des königlichen Wohlwollens zu verschaffen; die ihn begleitende Theilnahme der edelsten Männer Englands liess ihn die Feindschaft des auch von ihnen gehassten Günstlings vergessen. Nachdem widrige Winde seine Ueberfahrt verzögert hatten, kam er am 1. April 1627 auf einem holländischen Kriegsschiffe im Haag an.

Rusdorfs diplomatische Thätigkeit seit seiner Abberufung aus London. 1627—1640.

manches für uns Vermuthung bleiben, so gewährten seine
eigenen Berichte doch eine sichere Stütze, so dass wir seine
Politik ziemlich klar zu verstehen, ihr Schritt für Schritt zu
folgen vermochten. Dieser Stütze entbehren wir fortab, es
fehlen uns seit dem Jahre 1627 jene ausführlichen Correspondenzen mit Camerarius und Oxenstiern, eine nur geringe
Zahl von Briefen und Flugblättern, nur wenige Erwähnungen
Rusdorfs in andern Schriften sind uns aus der folgenden Zeit
erhalten, freilich noch zahlreich genug, um aus ihnen seine
einzelnen Missionen in ihrer Aufgabe, ihrer Zeit und ihrem
Verlaufe zu bestimmen; auch schliesst mit seiner Rückkehr
aus England jene Reihe von Denkschriften, in welchen er
bisher seinem Hofe eine Schilderung der Lage in kurzen
Zeiträumen zu geben pflegte.

Nach Rusdorfs Rückkehr aus London blieb der Haag
sein gewöhnlicher Aufenthalt, den er nur verliess, wenn er
als Bevollmächtigter seines Herrn zu andern Fürsten und
Staaten gesandt wurde. So ging er [262] schon nach wenigen
Monaten der Ruhe im Juni 1627 nach Paris, um dem
Könige von Frankreich und dessen Bruder, dem Herzoge von
Orleans, wegen des unerwarteten Todes der Herzogin von
Orleans das Beileid der kurfürstlichen Familie auszusprechen,
zugleich aber um die dortige Regierung möglichst lebhaft für
das Schicksal der Pfalz und der deutschen Protestanten zu
interessiren. Bei aller Feindschaft gegen die habsburgischen
Mächte zeigte Richelieu damals noch wenig Neigung zu einer
direkten Intervention in Deutschland, zumal die Belagerung
von la Rochelle und die Bewältigung der inneren Parteien
seine ganze Thätigkeit in Anspruch nahmen. Rusdorf verliess
Paris in den ersten Tagen des Juli, um sich nach Colmar
zu begeben, wo bereits Gesandte einiger deutscher Stände
und des Kaisers sich versammelten, um von neuem die Art
und Weise einer Wiederherstellung Friedrichs in Erwägung
zu ziehen, und wo Andreas Pawel und Rusdorf die Rechte

nicht die schwächste Hoffnung auf jene Verhandlungen, nur seine Bereitwilligkeit zu einem ehrenvollen Frieden wollte er bekunden; der Erfolg entsprach seiner Ahnung, die Forderungen der kaiserlichen Räthe waren die alten, man verlangte, dass der Pfalzgraf ausser der Kurwürde womöglich noch sein religiöses Bekenntniss opfern sollte.

Wie auf dem Felde der Diplomatie, so war die protestantische Sache auch auf dem Kampfplatze selbst mit den Waffen jetzt völlig überwunden. Tilly und Wallenstein durchzogen verheerend Holstein und jagten den flüchtigen Dänenkönig von Ort zu Ort. Bereits knüpfte dieser Friedensunterhandlungen an und hoffte vielleicht schon auf dem Mühlhäuser Fürstentage im October dieselben abschliessen zu können. Er war der letzte protestantische Fürst, der noch gegen den Kaiser gekämpft hatte, der besiegt jetzt gleichfalls das Schwert aus der Hand legte, um so schnell und so billig als möglich Frieden zu schliessen; dass in diesen auch die Pfalz mit eingeschlossen werden möchte, war das eifrigste Streben des Pfalzgrafen, Rusdorf wurde deshalb mit den ausgedehntesten Vollmachten im September nach Hamburg, dem letzten Aufenthalte Christians, gesandt; aber soeben hatte dieser die Stadt verlassen und sich nach Glückstadt gewendet. Als ihm Rusdorf dorthin nacheilte, war der von Tillys Schaaren verfolgte König bereits weiter nach Norden geflohen. Ebensowenig konnte Rusdorf im October von Hamburg nach Mühlhausen, wo man den Frieden berathen wollte, gelangen, da ihm von Wallenstein trotz dringendster Bitten freies Geleit durch das von kaiserlichen Schaaren besetzte Niedersachsen verweigert wurde.

In der missmuthigsten Stimmung kehrte er zurück an den Hof Friedrichs in Rhenen, wo ihn im folgenden Jahre 1628 [263]) neben so vielen Unglücksnachrichten die Kunde von Buckinghams plötzlicher Ermordung erreichte. So sehr er auch in diesem die erste Ursache der unglücklichen Politik Englands gesehen hatte, so war er doch weit entfernt, die

König Karl genug, um zu wissen, dass ein selbstständiges kräftiges Handeln von demselben nicht zu hoffen war, dass ein neuer Günstling bald die Stelle Buckinghams einnehmen würde.

Und wirklich brachte die nächste Zeit [264]) auch noch keine Besserung der traurigen Zustände. Nochmals dachte der Pfalzgraf, Frankreichs Hülfe anzurufen, welches durch die schnellen Siege des Kaisers gleichfalls mit Besorgniss erfüllt wurde. Auch Thomas Roe, der einsichtige englische Gesandte bei der Pforte, der jetzt von Constantinopel über den Haag in die Heimath zurückkehrte und mit welchem Rusdorf eingehend über die politische Lage sich aussprach, bedauerte die misslichen Zustände Englands, die er in ihrer ganzen Trostlosigkeit erkannte, und rieth, es mit Frankreich zu versuchen. Die Versöhnung des Königs Ludwigs XIII. mit den Reformirten bot diesmal die äussere Veranlassung zu einer Gesandtschaft nach Paris; um dem Könige dazu Glück zu wünschen, ging Rusdorf im November 1629 an dessen Hof. Zwei Ereignisse beschäftigten dort aller Gedanken: der mantuanische Erbstreit und der Zwist des Königs mit seinem Bruder. Rusdorf klagt, [265]) Richelieu hasse und fürchte den Kaiser, suche aber den offenen Bruch mit demselben ängstlich zu vermeiden; er wünsche den Plänen Schwedens den besten Erfolg, wolle aber von einer etwaigen bewaffneten Unterstützung Gustav Adolphs nichts wissen; es scheine die Erinnerung daran ganz geschwunden, dass Heinrich IV. einst gerade in den deutschen Protestanten seine Hauptstütze in der äussern Politik gefunden habe, während Richelieu die Verdienste der Vorfahren Friedrichs um Frankreich völlig vergesse. Bis zum März des Jahres 1630 blieb Rusdorf in Paris; die einzig erfreuliche Kunde, die er heimbringen konnte, war die Nachricht von dem Subsidienvertrage, den Frankreich mit Gustav Adolph soeben geschlossen hatte.

Auch England schien, freilich in seiner Weise, eine neue Anstrengung für die Pfalz zu machen. Im Juni 1630 sandte der König Karl den uns bereits bekannten Robert Anstruther nach Deutschland, der auf dem Regensburger Kurfürstentage die Briefe [266]) seines Herren und des Pfalzgrafen dem Kaiser überreichte. Rusdorf hatte den Gesandten begleitet und denselben nach Möglichkeit über die schwierige Lage des Kaisers zu unterrichten gesucht: hatte dieser früher den Pfalzgrafen nicht restituiren wollen, jetzt konnte er es nicht mehr; er war zu sehr in Baierns Schuld, er musste jetzt als Vorbedingung jedes Ausgleichs die völlige Unterwerfung Friedrichs sowie dessen Verzicht auf die Kur fordern. Während so der neue Interventionsversuch Englands in der alten Weise endigte, schien für die Pfalz von einer andern Seite her eine neue Hoffnung aufzugehn. Noch berieth man in Regensburg über die dem englischen Gesandten zu ertheilende Antwort, da traf den Kaiser, der eben seinen Feldherrn entlassen hatte, die Kunde von Gustav Adolphs Landung.

Binnen weniger Monate wurde jetzt die politische Lage eine durchweg andere. Der Kaiser, bedrängt von den unaufhaltsam sich nähernden Schweden, suchte jetzt selbst in der pfälzischen Frage die Vermittlung Englands, die er noch eben zurückgewiesen hatte. Es besteht kein Zweifel, dass dieses scheinbare Engegenkommen des Kaisers, der die Pfalz damals gar nicht zu restituiren vermochte, nur den Zweck hatte, die noch sehr verstimmte englische Regierung dem Wiener Hofe wieder näher zu bringen. Mit der stets gleichen Bereitwilligkeit ging König Karl auf die Verhandlungen des Kaisers ein, er unterhielt seit Juni 1631 einen ständigen Gesandten in Wien, zuerst Robert Anstruther, dann Heinrich Vane, um jetzt dauernde Fühlung mit den deutschen Verhältnissen zu behalten. Wieder war es [267]) Rusdorf, der von seinem Herren dazu ausersehen wurde, wie vor einem Jahrzehnt den John Digby, so jetzt Anstruther und Vane in ihren fruchtlosen Vermittlungsversuchen in Wien zu unterstützen.

Freilich waren in diesem Augenblicke die Aussichten weit günstiger als einst im Jahre 1621, jetzt konnte man darauf rechnen, den Kaiser nach den schwedischen Siegen williger und geneigter zu einem billigen Frieden zu finden als nach der Schlacht bei Prag und der Eroberung der Rheinpfalz; doch blieb Ferdinand auch diesmal unbeweglich, er hoffte auf eine günstige Wendung, welche die von England geforderten Opfer unnöthig machte. Diese trat ein, noch ehe man dachte. Am Tage von Lützen riss der Heldentod den Schwedenkönig aus seiner Siegesbahn, zwei Wochen später schloss, überwältigt von Schmerz und Enttäuschung, der unglückliche Böhmenkönig die Augen. Mit einem Schlage war die Gestalt der Dinge wie umgewandelt. Die Pfalz, die noch zuletzt Gustav Adolph sieggekrönt in ihren Gauen gesehen hatte, sie war jetzt von neuem dem ungewissesten Schicksale preisgegeben. Rusdorf empfand die volle Grösse des Verlustes; uns sind [268]) zwei lateinische Gedichte von ihm aus jener Zeit erhalten; in dem einen vergleicht er den Befreier Deutschlands mit dem Thebens, Gustav Adolph mit Epaminondas; in dem andern, der „Elegia de Presente rerum Statu in Germania", erzählt er zuerst in epischer Form den Beginn des böhmischen Aufstandes, die Niederlage Friedrichs, den Kampf Dänemarks und das Auftreten Gustav Adolphs, dessen ruhmvolles aber jähes Ende der Schluss der Elegie verherrlicht. Das Gedicht, das in 55 Distichen die ganze Geschichte des grossen Krieges in ihren Hauptspitzen berührt, spricht die Ueberzeugung von der göttlichen Sendung Gustav Adolphs aus, „den eine feindliche Macht zu frühe der hoffenden Welt entriss". Interessant ist, dass dieser panegyrischen Schilderung des grossen Königs in den Rusdorfschen Gedichten Gratiani Gedanken und Auffassungen entlehnt, bei dem Bilde, dass er uns [269]) von dem nordischen Helden entwirft.

Wie verschiedene Erfahrungen Rusdorf auch immer

---

268) MSC. IV. Briefe Rusdorfs an Oxenstiern aus dem De-

während seines politischen Wirkens gemacht hatte, wie oft er auch unter dem Einflusse veränderter Verhältnisse zu andern Anschauungen gekommen war: eine Ueberzeugung war ihm geblieben, hatte sich immer mehr bei ihm befestigt, ihr hatte er bei jeder Gelegenheit Geltung zu verschaffen gestrebt: dass nämlich von allen protestantischen Mächten Schweden die einzige sei, die zu einer Wiederherstellung seines Landes die Macht und den Willen besässe. Auch nach dem Abschlusse des Haager Conzerts, als Schweden eine Weile vom Schauplatze zurücktrat, hatte er nie aufgehört, dessen Interessen im Auslande, dessen politische Beziehungen zu Deutschland nach Kräften zu fördern und auszudehnen. Der Tod Gustav Adolphs, an den persönliche Verehrung ihn gefesselt hatte, gab seiner politischen Auffassung die entgegengesetzte Richtung. Hatte jener durch die Macht seiner Persönlichkeit die deutschen Fürsten seine Stellung als Ausländer vorläufig vergessen lassen, so war es anders, als die Leitung der Geschäfte jetzt Oxenstiern übernahm, dem Rusdorf die Autorität Gustav Adolphs weder wünschte noch zutraute. Bisher hatte er keinen Anstoss daran genommen, dass die deutschen Fürsten und Herren einem starken, zwar fremden aber doch königlichen Willen sich beugten; jetzt hielt er es für unwürdig, dass sie in dem ausländischen Edelmanne ihren Gebieter fänden. Eine neue Ordnung der Verhältnisse musste jetzt Platz greifen; ein enger, lebenskräftiger Bund zwischen den drei protestantischen Kurhäusern mit dem Wunsche und der Fähigkeit, die Schweden möglichst bald aus dem Reiche auszuschliessen: das war [270] das Ziel von Rusdorfs Politik, wie es das der besten deutschen Staatsmänner war, ein Streben, vielleicht noch nicht zeitgemäss, aber doch im tiefsten Grunde national. Bei der vorläufigen Ohnmacht der Pfalz und der bisherigen Gleichgültigkeit Brandenburgs glaubte Rusdorf die Führerschaft des Bundes in Sachsens Hand am besten gewahrt. Oxenstiern erkannte sehr bald den Umschwung in Rusdorfs Politik; ohne Verständniss für die Gründe höherer Art, welche diesen der schwedischen Sache jetzt entfremdeten, suchte er, freilich vergebens, ihn auch weiter seinem Staate geneigt zu erhalten; bald trat die Spannung zwischen ihnen offen zu Tage. Im März 1633 versammelten sich zu Heilbronn die Gesandten der bisher mit Gustav Adolph verbündeten Fürsten, um über die föderative Neugestaltung des protestantischen Deutschlands zu berathen. Mit aller Schärfe trat dort der Gegensatz der deutschen Fürstenpolitik, vor allen Sachsens, zu den Plänen Oxenstierns hervor, der das Band zwischen Schweden und den deutschen Reichsständen noch enger geknüpft wissen wollte. Mit voller Ueberzeugung trat [271]) Rusdorf den Forderungen des schwedischen Kanzlers entgegen und empfahl den Anschluss an Kursachsen; das Geschick liess ihn im Stiche, besonders dem Eifer Feuquières', des französischen Gesandten, gelang es, Schweden die Oberleitung im Kriege auch weiterhin zu sichern; ebenso wurde eine von Rusdorf vorgeschlagene Einladung zum Beitritte an Dänemark, welches man schwedischerseits möglichst fern halten wollte, auf Oxenstierns Veranlassung abgelehnt. Mit dem grössten Missmuth schildert [272]) Rusdorf die erwähnten Ereignisse seinem früheren Genossen bei der Wiener Gesandtschaft, Heinrich Vane; er spricht die Hoffnung aus, dass der neue Bund, diese ihm so verhasste Schöpfung ausländischer Diplomatie, nicht von Bestand sein, dass nach seinem Ende wieder Raum für eine deutsche Conföderation sein werde; er beweist seinem Freunde, dass das geeinigte protestantische Deutschland dem Kaiser wie den katholischen Ständen hinreichend gewachsen, ja überlegen sei, zumal die Fürsten des Leipziger Convents faktisch schon bisher mit ihren Subsidien den Krieg bezahlt und die Schweden erhalten hätten.

Unmittelbar nach jenem Bundestage in Heilbronn wurde Rusdorf wieder durch eine dynastische Angelegenheit seines

Fürstenhauses in Anspruch genommen. Der Graf Zawadzki war [273] als Gesandter des Königs von Polen im Haag erschienen, um für seinen Herren um die Hand der pfälzischen Prinzessin Elisabeth zu werben, doch sollte für diese der Uebertritt zu der Confession ihres künftigen Gemahls ein Erforderniss für die Vermählung sein. Rusdorf unterhandelte lange mit dem Gesandten, doch scheiterte die sonst sehr willkommene Vermählung an der Weigerung der Prinzessin, ihr Bekenntniss zu wechseln. Wohl mit Unrecht hat Rusdorf später gegen den König von Polen den Vorwurf erhoben, dass dieser mit der wegen ihres Glaubenseifers bekannten Elisabeth nur sein Spiel getrieben habe. Die Verstimmung über den unerwünschten Ausgang der von ihm geleiteten Verhandlungen führte ihn zu derartigen schroffen Urtheilen, das Misslingen aller seiner Pläne zu dem Entschlusse, von dem öffentlichen Leben sich zurückzuziehen und den Rest seiner Tage der Aufzeichnung seiner Erlebnisse zu widmen. Mit dem letzteren Wunsche begründete er auch sein Entlassungsgesuch; [274] er wolle, wie einst Marquard Freher, die Geschicke seines Staates in einem grossen Geschichtswerke niederlegen, wolle vor allen auch eine Vertheidigung seines unglücklichen Herrn, Friedrichs V., schreiben. So verdienstlich diese Pläne Rusdorfs waren, die Pfalzgräfin zog es vor, den bewährten Freund ihres Hauses noch im aktiven Dienste desselben als Vertreter der Pfalz zu ihrer Verfügung zu behalten. Mit dem Ausdrucke gnädigsten Dankes für seine bisherigen Verdienste und der Hoffnung, dass nicht auch er von dem verlassenen Fürstenhause sich abwenden möge, gab ihm die Königin Elisabeth sein Gesuch zurück.

Schon wenige Tage darauf, Ende August 1633, finden wir [275] ihn bereits wieder unterwegs nach Düsseldorf, dem Aufenthalte des Pfalzgrafen Wolfgang Wilhelm von Neuburg. Kein Fürst war durch den Gang der Ereignisse mehr ent-

---

273) Loen I. 179. — Mém. d. L. Juliane. 341. — vgl. auch

täuscht, als dieser, der nach seinem Uebertritte zum Katholicismus, nach der Aechtung Friedrichs die nächsten, aussichtsreichsten Ansprüche auf die Kurwürde wie auf einige strittige Gebiete der Unterpfalz zu haben meinte: er hatte in allem hinter Baiern zurückstehen müssen, einige pfälzische Gebietstheile, welche bisher die Kurlinie trotz der von ihm geltend gemachten Ansprüche in Besitz gehalten hatte, war alles gewesen, was ihm aus der allgemeinen Beute Friedrichs zu Gute gekommen war. Da auch er in der Folge mehr und mehr von dem Kaiser sich abwandte und in gleicher Weise wie die Kurpfalz die unglücklichen Folgen des Krieges empfand, da auf der andern Seite die Familie des Böhmenkönigs ihre nur schlecht begründeten Ansprüche auf die Jülichsche Erbschaft fallen zu lassen schien, so brachte das gemeinsame Unglück die bisher verfeindeten Linien einander näher, Ende August ging Rusdorf nach Düsseldorf, um im Namen der Königin von Böhmen mit Wolfgang Wilhelm über die Rückgabe jener von dem Pfalzgrafen in Besitz genommenen kurfürstlichen Lehen zu unterhandeln. Ueber den Erfolg seiner Bemühung ist uns keine Nachricht erhalten, doch dürfte er den Pfalzgrafen zu Düsseldorf seiner Forderung wenig geneigt gefunden haben.

Von dort ging er im Oktober nach Schwerin und Güstrow, den Residenzen der beiden mecklenburgischen Herzöge; er übermittelte denselben den Glückwunsch seiner Herrin zu der Restituirung Mecklenburgs; der Herzog Johann Adolph drückte im Namen seines Hauses den Dank für die Theilnahme der Königin von Böhmen sowie sein Bedauern über die traurige Lage der Kurpfalz aus, der Herzog Johann Albert in Güstrow beklagte, dass er mit seiner geringen Macht ausser Stande sei, für den bedrängten Kurstaat etwas zu thun.

Am $\frac{16.}{26.}$ October 1633 traf Rusdorf wieder in Hamburg ein; von dort aus wies ihn nach einer kurzen Audienz in Gottorp bei dem Herzog von Holstein am $\frac{28.\text{ October}}{7.\text{ November}}$ seine

1627, traf er auch diesmal Christian nicht mehr dort an, sondern erreichte ihn erst auf seinem Schlosse Scanderborg bei Aarhuus. Dreier Aufträge hatte er sich in der Audienz vom $\frac{2.}{12.}$ November zu entledigen, zuerst dem Könige das Bedauern der Königin Elisabeth wegen des plötzlichen Todes des dänischen Prinzen Ulrich auszudrücken, sodann aus der Erbschaft der Königin Anna von England, einer Schwester des Königs Christian, der Mutter der Königin von Böhmen, einige Stücke für diese zu reclamiren, endlich die Verwendung Dänemarks für einen günstigen Frieden der Pfalz mit dem Kaiser nachzusuchen. Der König Christian dankte für die Theilnahme seiner Nichte, betreffs des zweiten Punktes erklärte er, noch genauerer, von England einzufordernder Nachweise über die Hinterlassenschaft seiner Schwester zu bedürfen, zu dem dritten versicherte er aus vollster Seele bereit zu sein. Ueber Hadersleben und Husum kehrte Rusdorf nach Hamburg zurück, von wo er schon nach einigen Tagen am $\frac{6.}{16.}$ Dezember die ihm besonders ans Herz gelegte Gesandtschaft zu dem Kurfürsten von Brandenburg antrat.

Mit grösstem Interesse hatte er von vorn herein gerade diese Mission übernommen; hoffte er doch jetzt persönlich in Berlin seinen Plan eines Bundes der drei protestantischen Kurhäuser eingehend darlegen und empfehlen zu können; ausserdem sollte er den Kurfürsten Georg Wilhelm um seine Vermittlung angehen bei einer Grenzregulirung zwischen Kurpfalz und Hessen, bei welcher es bereits zu ernsten Differenzen zwischen diesen beiden Nachbarstaaten gekommen war. Am $\frac{11.}{21.}$ Dezember traf Rusdorf in Berlin ein, der Kurfürst war gerade abwesend zu einer Musterung des Arnheimschen Heeres, das bei Fürstenwalde eben Winterquartier bezog. Rusdorf verhandelte inzwischen mit den kurfürstlichen Räthen Levin von Knesebeck und dem Kanzler Götze; nach der Rückkehr Georg Wilhelms ertheilte ihm dieser in Gegenwart des Mark-

der Kurfürst selbst möglichst bald beseitigt zu sehen und versprach seine thätigste Vermittlung, betreffs des Bündnissgesuches empfing Rusdorf aus der ausweichenden Antwort des Kurfürsten den lebhaftesten Eindruck von der Unsicherheit und Unbestimmtheit der brandenburgischen Politik, die vor allem in dem berechtigten Mistrauen gegen Sachsen ihren Grund hatte. Der seit dem Tode Gustav Adolphs vielgenannte Herzog Franz Albert von Lauenburg wurde gerade mit Nachrichten über die sächsischen Friedensbemühungen erwartet, der Graf Philipp Reinhard von Solms, der als Gesandter Schwedens in Berlin weilte, suchte Brandenburg vor allen dem schwedischen Interesse geneigt zu erhalten, die kurfürstlichen Diplomaten konnten [276]) unter dem Einflusse der entgegengesetztesten Parteien zu keiner sichern Entschliessung gelangen. Der Weisung der Königin Elisabeth gemäss stattete Rusdorf am 2. Januar 1634 der Kurfürstin von Brandenburg, der Schwester Friedrichs V., dessen dort weilender Mutter Luise Juliano, sowie am 8. Januar dem alten Herzoge von Pommern-Stettin in seiner Hauptstadt einen Besuch ab. Bei einer zweiten Audienz bei dem Kurfürsten Georg Wilhelm am 12. Januar auf der Rückreise Rusdorfs durch Berlin vermochte derselbe keine bestimmteren Zusagen zu erhalten als das erste Mal, der Kurfürst entliess ihn mit der Rusdorf längst geläufigen Phrase, die Königin von Böhmen möge sich seines Eifers für die pfälzische Sache versichert halten. Eine engere Fühlung hatte Rusdorf indessen mit dem ganz in sächsischem Interesse arbeitenden Herzoge von Lauenburg [277]) gewonnen. Diesem musste der Plan Rusdorfs, nach welchem Sachsen die Führerschaft des Kurfürstenbundes übernehmen sollte, im höchstem Mafse willkommen sein; ausserdem war er [278]) Rusdorf sehr verpflichtet, insofern dieser ihn wiederholt

---

276) Vgl. auch Droysen, Geschichte der preuss. Polit. III. 1. pag. 121.

277) Rusdorfs Briefwechsel mit ihm s. MSC. IV. 645 ff.

in Schutz genommen hatte gegen jene schlimmen Gerüchte aus der Lützener Schlacht.

Durch die schwedischen Siege war die pfalzgräfliche Familie vorläufig wieder in Besitz ihrer Länder gelangt; da eine Zeitlang die Pfalz nicht mehr der Schauplatz der entscheidenden Kämpfe war, so begann das an sich so ergiebige Land schnell sich zu erholen; Handel und Gewerbe blühten wieder auf und der Kurfürst Karl Ludwig konnte ernstlich daran denken, auf dem Heidelberger Schlosse seinen Wohnsitz zu nehmen. Um bei der Einrichtung der alten Ordnung mitzuwirken, um von Schweden die Zustimmung zu der Verlegung der kurfürslichen Residenz nach Heidelberg zu erlangen, endlich um die Auslieferung des Wittwengutes der Königin von Böhmen zu vermitteln, ging [279]) Rusdorf im März 1634 nach der Pfalz, wo man allgemein nach der persönlichen Anwesenheit des jungen Kurfürsten sich sehnte; Rusdorf schloss sich der Stimmung und dem Wunsche des Landes vollkommen an, er erinnert an den Vortheil davon, wenn der Landesherr selbst seinen Staat regiert, und giebt demselben die nöthigen Rathschläge für die nicht gefahrlose Reise. Während so im Sommer 1634 mit ungeahnter Schnelligkeit das Land aus seiner Verödung sich wieder erhob, traf dasselbe im September des Jahres ein neuer Schlag: die Niederlage der Schweden bei Nördlingen führte flüchtige Bundesgenossen und verfolgende Feinde in zahllosen Schaaren in die Pfalz, deren eben neu sich entfaltende Blüthe sofort wieder geknickt wurde. Furchtbar war der Zustand des unglücklichen Landes, wie er aus Rusdorfs Berichten an die Königin Elisabeth uns entgegentritt; Rusdorf weiss nicht, ob er die nach der Niederlage völlig zuchtlosen Schweden, ob die in täglich neuen Schaaren einrückenden Kaiserlichen schrecklicher schildern soll.

Zugleich war er vollauf in Anspruch genommen durch die Leitung der auswärtigen pfälzischen Politik, die [280]) jetzt bei dem an sich wenig freundschaftlichen Verhältnisse zwischen dem schwedischen Kanzler auf der einen Seite, dem das Land administrirenden Pfalzgrafen Ludwig Philipp und dessen Mündel auf der andern, den Frieden wenigstens äusserlich zu erhalten. Recht deutlich erkennt man die Abneigung der deutschen Fürsten gegen Oxenstierns Regiment aus den Vorgängen auf den Heilbronner Bundesversammlungen, auf denen Rusdorf die Pfalz selbst zu vertreten pflegte. Nebenher gingen Unterhandlungen mit Brandenburg und England, welches letztere noch immer wie bei dem Beginne des Krieges Gesandte und Intercessionsschreiben in Betreff längst unabänderlicher Thatsachen schickte. In den letzten Tagen des Februar 1635 wollte man auf dem Bundestage zu Worms sich über die Bedingungen einigen, auf welche hin man sich mit dem Kaiser vergleichen wollte. Trotzdem dass Oxenstiern hier auf das schärfste das eigenmächtige und treulose Verhalten Sachsens tadelte, welches mit dem Kaiser einen Separatfrieden abzuschliessen im Begriffe stand, und obgleich er die dringende Mahnung zum engsten Anschlusse der einzelnen Reichsstände an den Bund daran knüpfte, so verhallte seine Stimme doch wirkungslos, das Vertrauen auf die schwedische Uneigennützigkeit war seit der Einrichtung schwedischer Lehnsfürstenthümer in Deutschland, das Vertrauen auf die schwedischen Waffen seit dem Tage von Nördlingen geschwunden. So berieth man hier zum letzten Male über eine gemeinsame Kriegsverfassung; Rusdorf seinerseits sahe ohne Bedauern einen Bund sich auflösen, von welchem er nie Gutes für Deutschland erwartet hatte. Wenige Wochen später schloss der Prager Frieden die Pfalz von der Amnestie gänzlich aus, raubte derselben so die Frucht der bisherigen Siege der Protestanten! Rusdorfs Schmerz über dies schliessliche Schicksal seines Staates war unermesslich, er hatte diesen durch inniges Zusammengehen mit den protestantischen Kurfürsten zu retten gehofft; diese hatten für die Pfalz nichts thun können, zum Theil nichts thun wollen.

In Folge des Prager Friedens hatte Bernhard von Wei-

gerückt, nahmen am 27. Juli Heidelberg wieder und bedrohten Frankenthal, den Sitz der Regierung. In grösster Eile musste diese fliehen, Rusdorf beschuldigt den Pfalzgrafen Ludwig Philipp, die Vertheidigung der Stadt auf das unverzeihlichste vernachlässigt und so die ebenso unehrenhafte als gefahrvolle Flucht verschuldet zu haben. Nach dem Willen der Königin von Böhmen nahm man auch [281]) die Leiche ihres Gemahls mit, welche sie nicht der Barbarei der Feinde ausgesetzt wissen wollte; die besondere Obhut über dieselbe wurde Rusdorf übertragen, der sich mit derselben zunächst nach Metz begab. Hier wurde ihm durch den Pfalzgrafen der Auftrag zu Theil, über Sedan, die Residenz des Herzogs von Bouillon, nach Paris zu gehn; dort sollte er den König von Frankreich bitten, die Flucht der pfälzischen Regierung auf französisches Gebiet zu entschuldigen und derselben seinen Schutz zu gewähren, ferner ihn über die traurigen Verhältnisse in Deutschland genau unterrichten und ihn in Frankreichs eigenem Interesse zu kräftiger Hülfleistung auffordern. Rusdorf trat sofort die Reise an, über deren Erfolg wir keine Nachricht haben, die aber an Richelieus einmal gewählter Politik wenig geändert haben wird. Nach seiner Abreise war auch die Sorge für die Leiche Friedrichs vergessen, bald verliess die pfälzische Regierung Metz wieder, ohne der Ueberreste ihres früheren Herren zu gedenken; Niemand weiss, wo derselbe seine letzte Ruhestätte gefunden hat.

Da der junge Kurfürst Karl Ludwig nicht hoffen durfte, mit eigener Macht seine Erblande wieder zu erobern, so wandte er sich [282]) auf den Rath seiner Mutter an seinen Oheim, den er persönlich um Unterstützung zu bitten sich entschloss. Im Oktober 1635 gingen die beiden pfälzischen Prinzen Karl Ludwig und Ruprecht in Rusdorfs Begleitung nach England, wo sie von dem Könige mit grosser Freude begrüsst wurden. Während sie vorläufig den festlichen Freuden des englischen Hofes sich überliessen, arbeitete Rusdorf mit

schrift²⁸³), welche besonders der Behauptung entgegentreten sollte, dass der Kurfürst Karl Ludwig schon durch die Aechtung seines Vaters sein Erbrecht verloren habe. Um die furchtbare Noth der Unterpfalz zu lindern, hatte sich in London ein Comité gebildet, welches nach Kräften die am schwersten Betroffenen zu unterstützen suchte, wiederum war es der vielbeschäftigte Rusdorf, dessen Rath und Personenkenntniss man vor allen in Anspruch nahm.

Als im Sommer des Jahres 1636 der König Karl den Grafen Aroundel²⁸⁴) als Gesandten auf den Regensburger Reichstag schickte, wählte man Rusdorf zu seinem Begleiter, da dieser schon so oft unter dem Schutze Englands auf Congressen und Fürstenversammlungen das Wort für die Pfalz geführt hatte. Die Schwierigkeiten waren auch jetzt dieselben wie stets bisher, nur mit Mühe gelang es den Gesandten, nachdem sie in Nördlingen bei dem Könige von Ungarn keine Audienz hatten erhalten können, in Linz dem Kaiser ihr Gesuch vorzutragen und die Schreiben des Königs von England und des Kurfürsten von der Pfalz zu übergeben. Zwar hatte der junge König Ferdinand den grössten Eifer für den Frieden zu erkennen gegeben, aber der Kaiser selbst behandelte die englischen Gesandten geringschätziger als je. Im Dezember ging Rusdorf wieder nach England zurück, wo der heimkehrende Gesandte Aroundel alles aufbot, um die seinem Staate vom Kaiser zugefügte Beleidigung gerächt zu sehen. Rusdorf sah²⁸⁵) inzwischen mit Bekümmerniss, wie die pfälzischen Prinzen ganz den Vergnügungen des englischen Hoflebens sich hingaben und einer ernsten, ihrer würdigen Thätigkeit immer mehr sich entfremdeten; täglich lästiger wurden ihnen seine Ermahnungen, nur mit Mühe konnte er den Prinzen Ruprecht von dem abenteuerlichen Plane, in Madagascar sich ein Reich zu gründen, durch die Vorstellung abhalten, dass das Vaterland mehr als je seine Kräfte in Anspruch nehme. Unermüdlich, durch Staatsschriften und Rechtsgutachten die Ansprüche des Kurfürsten auf die Pfalz immer von neuem darzulegen, verfasste er in dessen Auftrage im Laufe des Jahres 1637 noch drei Denkschriften [286]); ausserdem liess er den damals viel verbreiteten Reichshofkalender des kaiserlichen Hofes [287]) ins Lateinische übersetzen, bei Elzevir in Leyden drucken und als Anhang Daniel Eremita's in jener Zeit begierig gelesene satirische Schrift über seine „Reise in Deutschland" [288]) hinzufügen. Er fand, wie er [289]) schreibt, in derartiger literarischer Thätigkeit grössere Befriedigung als in der Politik, deren Gang ihn oft enttäuscht und verstimmt hatte.

Nur ungern übernahm er daher noch eine, seine letzte Gesandtschaftsreise. In dem Gefühle seiner reichsfürstlichen Würde hatte der Kurfürst Karl Ludwig es bisher verschmäht, seine geringen Streitkräfte mit dem schwedischen Heere zu vereinigen; erst als am 17. Oktober 1638 der kaiserliche General Hatzfeld das schwache Corps des Kurfürsten an der Weser vollständig vernichtet hatte, nahte dieser sich gezwungen dem Kanzler Oxenstiern wieder, Rusdorf wurde [290]) nach Hamburg geschickt, um mit dem schwedischen Resi-

---

286) „Pomi Palaestini | Evaporatio | Hoc est Enodatio | Responsorum & Rescriptorum in | causâ Palatina nuper datorum. | Londini | MDCXXXVII." — 4°. — 52 Blatt. — Die Vorrede ist unterzeichnet „Vollradus à Frubach (s. o.), apud Ubios. Non. Mart. 1637." — Verbreitet in deutschen, englischen, französischen, italienischen Uebersetzungen z. B. „The Evaporation of the Apple Palaestine etc." „The protestation of the most High and Mightie Princie, Charles Lodowieke. At London 1637. — 4" — 4 Bogen." Vgl. darüber Büttinghausen, Beitr. z. pfälz. Gesch. I, 22.

„Manifest | Undt | Ausschreiben | ..... des Pfalzgraffen | Karl Ludwig an | den Kaiser. 1637." — 4" — 160 pag.

„Protestations Schrift ... Karl Ludwigs ... etc. Londen 1637." — Gross 4". — 4 Bl., — datirt von Hamptoucourt. 27. Jan. 1637; — gerichtet gegen die Uebertragung der pfälzischen Kur und die Rechtmässigkeit von Ferdinands III. Kaiserwahl.

287) Status particularis Regiminis S. C. majestatis Ferdinandi II.

denten Salvius die Grundlagen eines schwedisch-pfälzischen Bündnisses zu vereinbaren. Jetzt wies Oxenstiern die Anträge des Kurfürsten von der Hand, besonders da dieser, der doch nichts zu bieten vermochte, jede Unterordnung unter einen schwedischen Oberbefehl entrüstet ablehnte. Rusdorf klagt verzweifelt über das haltlose Benehmen des Pfalzgrafen, der im Januar 1639 den Besuch des Salvius nicht annehmen wollte, da er nicht wisse, ob er bei der Audienz demselben bis zur Treppe oder nur bis zur Thür entgegenzugehn habe.

Da Rusdorfs publizistische Thätigkeit allgemein bekannt war, so konnte es nicht fehlen, dass man [291]) bei dem meist anonymen Erscheinen der politischen Flugblätter in ihm den Verfasser bald dieser bald jener Schrift zu erkennen glaubte; so wurde sein Name vor allen im Anfange oft bei dem Streite über den Autor des Tractats „Hippolithus a Lapide" [292]) genannt, der in dem Todesjahre Rusdorfs erschien. So sehr man hier auch fehlging, indem man auf Rusdorf muthmasste, so sehen wir doch auf der andern Seite, dass derselbe wirklich unmittelbar bis an sein Ende mit der Feder für die Sache seiner Dynastie thätig war. Bereits schwer erkrankt veröffentlichte er am 20. August 1640 eine neue Schutzschrift [293]) für die Rechte seines kurfürstlichen Herrn. Durch die traurigen Erfahrungen der letzten Zeit, durch das Bewusstsein, sein ganzes Leben einer verlorenen Sache geopfert zu haben, durch den Undank, mit welchem der junge Kurfürst ihm vielfach die Verdienste um das pfälzische Haus lohnte, geistig und körperlich gebrochen, vermochte er ein hitziges Fieber nicht mehr zu überwinden, er starb — unvermählt [294]) — nach kurzer Krankheit, acht Tage nach dem Erscheinen der „Vindiciae", am 27. August 1640 im Haag, den er in den letzten drei Jahren wenig mehr verlassen

---

291) Vgl. auch Fladt, Tentamina ... de Palatinatu. S. 30.
292) s. F. Weber in Sybels Zschr. XXIX. 268.

hatte. In der Hauptkirche der Stadt deckt sein Grab ein Stein von schwarzem Marmor mit der Inschrift [296]):

> Johann. Joachimus a Rusdorf
> Archipalatinae domus
> Consiliarius intimus
> Generis nobilitate, vitae integritate
> Eruditionis singularis laude celebris,
> Legationibus ad Reges & Principes clarus
> Rerum politicarum ac juridicarum nótitia
> Nobilium sui temporis nulli secundus
> Religionis orthodoxae cultor,
> Causae Palatinae Assertor
> Piam animam Deo creatori reddidit
> Corporis exuvias hic loci deposuit
> In beata resurrectione resumendas
> Natus Aurbachii XXVI. Octobris
> Anno MDLXXXIX.
> Denatus Hagae Comitum XXVII. Aug.
> Anno MDCXL.
> Memento.

Wir können dem Rusdorf nicht einen in erster Linie bestimmenden Einfluss auf den Gang der politischen Ereignisse zuschreiben; doch wäre es ungerecht, ihn für eine unbedeutende Persönlichkeit zu erklären. Dagegen spricht die Art und Weise, wie er in schwierigen Lagen das Interesse seines Fürstenhauses wahrnahm, ohne dabei den mächtigen Feind zu verletzen, dagegen spricht die hohe Bedeutung der ihm zu Theil gewordenen Aufträge, dagegen spricht endlich die Beurtheilung und Beachtung, die er bei seinen Gegnern fand: eine unbedeutende Persönlichkeit hätte Buckingham nicht als die Seele der gegen ihn gerichteten Opposition bezeichnet. War es ihm auch nicht vergönnt, alle seine Pläne verwirklicht, seine Bemühungen von Erfolg begleitet zu sehen, so können wir doch im Hinblicke auf die Schwierigkeiten, mit

keit, welche uns überall in seinen Berichten entgegentritt, auf die makellose Treue, welche er seinem unglücklichen Fürstengeschlechte bewahrte, ihm unsere Theilnahme nicht versagen; dauerndes Interesse aber sichern seiner Person seine zahlreichen Berichte und Schriften, beredte Zeugnisse aus einer regellosen und ungestümen, aber grossartigen und kraftvollen Zeit.

Johann Joachim von Rusdorf.

1589	* 26. Oktober zu Aurbach in der Pfalz.
1604—1607	auf dem Gymnasium zu Amberg.
1607—1613	auf den Universitäten Heidelberg, Altorf, Basel.
1613—1616	auf Reisen in der Schweiz, Italien, Frankreich, Spanien, den Niederlanden, England.
1616	Eintritt in den kurpfälzischen Staatsdienst.
1618 Sept	bis 1619 (April) Reise nach Franken, der Oberpfalz und Böhmen.
1619 April	bis Juni mit Achaz v. Dohna Gesandtschaftsreise nach London.
Sept.	und Oktob. ausserordentlicher Gesandter im Haag.
1620 Jan. Febr.	mit Börstel Gesandschaftsreise nach Paris.
Juli Aug.	pfälzischer Berichterstatter bei dem Unionsheere.
1621 Juni	bis 1622 (Juli) pfälzischer Berichterstatter in Wien.
1622 Nov. bis 1627 März	Gesandter in London.
April	Rückkehr nach dem Haag, fortan Rusdorfs gewöhnlichem Aufenthalte.
Juni	Gesandter in Paris.
Juli	Bevollmächtigter auf dem Congresse in Colmar.
Sept.	in Hamburg.
1629 Nov. bis 1630 März	Gesandter in Paris.

1633 März	Bundestagsgesandter in Heilbronn.
Sept. bis 1634 Febr.	Gesandtschaftsreise zu dem Pfalzgrafen von Neuburg, dem Könige von Dänemark, den Herzögen von Mecklenburg, dem Kurfürsten von Brandenburg, den Herzögen von Pommern.
März bis 1635 Juni	in der Pfalz.
Juli	in Paris.
Okt. bis 1637 Juli	in London, von dort aus im August 1636 auf dem Fürstentage in Regensburg
1639 Juli	mit dem Kurfürsten Karl Ludwig in Hamburg.
1640	† 27. August im Haag.